Je ; le Damné

Éric Prungnaud

Je ; le Damné

Roman

Auto-édition

À Claire et Émile

Mes remerciements à Joëlle, ma sœur…

Ils sont là, si proches, j'entends leurs cris, les aboiements de leurs chiens. Je me jette dans les buissons épineux. Ils déchirent mon corps nu. Je rampe, me relève, reprends ma course. Ne pas penser, ne pas réfléchir, l'instinct, faire confiance à mon instinct. Je suis une bête sauvage, une bête traquée, je ne suis plus humain depuis tant d'années ; l'ai-je seulement été ? Ils se rapprochent encore, mètre après mètre. Ne pas céder à la panique, maîtriser ma respiration, comme j'ai appris à le faire. Des heures et des heures à courir sur place, la nuit, dans ma chambre cellule. Des heures et des heures à essayer de maintenir ce corps en état, à me faire mal pour ne pas dépérir ; mon corps, il ne me reste plus que ça, de la chair et des os, pour le reste, le vide, le néant.

Je glisse, roule, dévale une pente. Là, juste en contrebas, la voie de chemin de fer. J'ai tout calculé, tout pensé, tant de fois répété, rabâché, psalmodié du fond de ma cellule mon plan d'évasion. J'entends leurs lourdes chaussures frapper les traverses de bois, me retourne, les aperçois derrière moi, à une centaine de mètres, pas plus. Courir, tenir, encore et encore, ne pas ralentir, jusqu'à la fin, jusqu'à l'anéantissement. Je hurle pour me donner du courage, l'écume aux lèvres, haletant. Encore une dizaine de mètres pour atteindre les ténèbres, là juste devant moi, après la courbe que dessinent les rails. Je trébuche, je suis à bout de souffle. Je pénètre dans l'obscurité du tunnel. Après quelques pas je m'affale contre le mur de pierres. Je me recroqueville, serrant contre moi le précieux document, le dossier, l'histoire de ma vie. Je les attends. Déjà les lumières de leurs torches qui virevoltent, déjà le faisceau de l'une d'elles qui se fixe sur mon visage, leurs voix qui rebondissent en écho jusqu'à moi : « On le tient ! », « Il est là ! », « Fils de pute ! ». Des voix qui me condamnent à tout jamais. Mais il y a ce bruit que je perçois au loin, ce bruit étrange et à la fois si familier, ce bruit comme un râle d'agonie, ce bruit que je connais tant. Ils arrivent, mes frères de misère, je le sens.

Cinq ans !

Cinq ans passés dans quatre mètres carrés, ma chambre cellule. La blancheur aveuglante, étouffante, désespérante, la blancheur des murs carrelés, plafond, sol, draps, une blancheur à dégueuler, une blancheur à pleurer, une blancheur à mourir. Cinq ans avec les incurables dangereux, ceux qui ont perpétré des meurtres sordides comme moi. Les inhumains, les excommuniés relégués dans un hôpital psychiatrique prison construit dans une sorte de no man's land. Loin, si loin de tout. Cinq ans, fou parmi les fous.

De la petite lucarne de ma chambre cellule, debout sur la pointe des pieds, je voyais des voies de garage sur lesquelles s'agglutinaient des wagons promis à la destruction. Un troupeau qui s'étalait sans fin jusqu'à ma ligne d'horizon. 954, le plus que j'aie pu en compter mais il y en avait beaucoup d'autres hors de ma vue. Le vent secouait leurs panneaux de métal déchirés par la rouille ou les planches de bois déclouées. Il s'en échappait des grincements comme des gémissements d'agonie qui déchiraient le silence et montaient vers le ciel. Ils étaient à peine audibles, mais moi je les entendais. Ces putains de wagons qui pourrissaient étaient la métaphore de ma propre érosion. Jusqu'à la poussière.

J'aurais dû me suicider. Je l'ai souvent envisagé. Mais il y avait ce cri, là, au fond de mes entrailles.

Je distingue maintenant leur silhouette malgré l'obscurité du tunnel. Je devine leurs chiens impatients de se jeter sur moi, s'étranglant dans leur collier et claquant des mâchoires. Ils sont trois, trois hommes vêtus d'un uniforme noir, membres de la section spéciale chargée de la surveillance de l'hôpital. Bientôt leurs mains sur moi, leurs coups de poing, de pied, bientôt leurs insultes crachées, leurs sarcasmes, leur dégoût, bientôt de nouveau la blancheur de ma chambre cellule, de nouveau la folie, l'angoisse, la non-vie. Mais le bruit se rapproche. Je l'entends mieux maintenant. Les gémissements stridents, les cliquetis plaintifs me redonnent espoir.

Quatre fois par jour un convoi était organisé pour conduire une cinquantaine de wagons à l'usine d'incinération située à quelques kilomètres de l'hôpital. Je n'ai jamais compris sur quels critères les wagons étaient choisis pour leur dernier voyage, mais la sélection donnait lieu à un étrange ballet auquel j'assistais de ma lucarne. Les wagons se croisaient, changeaient de voie, étaient arrimés au convoi ou repoussés parmi ceux qui pourrissaient sur place. Puis la longue file des élus s'ébranlait, tirée par deux locomotives. Je suivais des yeux le convoi jusqu'à ce que le dernier wagon disparaisse dans le tunnel, là-bas, au loin, à la limite de mon champ de vision, là où commençaient mes rêves. Le vacarme s'évanouissait alors, progressivement, et les longs gémissements d'agonie envahissaient de nouveau l'espace silencieux. Nuit et jour, jour et nuit.

Il est face à moi. Il retire son arme du holster. Les deux autres, avec leur chien, se positionnent de chaque côté. Je me recroqueville un peu plus, mes bras enserrant mes jambes, les genoux sous le menton. Il me vise la tête. Ils ne me ramèneront pas dans ma cellule, non, ils sont là pour me tuer. Pourquoi cette exécution ? Le cri a-t-il raison ? Y a-t-il une autre vérité ? Je sens le sol vibrer sous moi. Gagner du temps, une seconde, un quart de seconde, un dixième, un centième, repousser la mort jusqu'à l'extrême limite. Je fixe l'homme qui va m'assassiner. Mon regard le trouble. Il hésite. Je vois son doigt se raidir sur la gâchette. Cette balle qui va me fracasser le crâne, m'exploser la cervelle, est si proche. Il va tirer maintenant, je le sens. Mais c'est trop tard. Deux locomotives pleines de fureur surgissent dans le tunnel tirant une escouade de wagons bringuebalants. Un brouhaha d'enfer se répand, tellement violent qu'il paralyse nos cerveaux. Les deux hommes avec les chiens se plaquent contre le mur pour ne pas être écrasés. Celui qui me braque, debout au milieu de la voie, n'a pas le temps de s'écarter. C'est le choc. Son corps est catapulté à une dizaine de mètres. Je profite de la consternation pour bondir et attraper une barre de fer qui pend du dernier wagon, serrant toujours contre moi, de mon bras libre, le récit de ma vie. J'essaie de me hisser sur une petite plateforme, mes pieds patinent, je m'agrippe à la paroi déchirée par la rouille. Je tiens bon. Emporté dans le tumulte, arrosé d'un flot d'étincelles, j'aperçois un des hommes me viser. Il tire. J'entends la balle ricocher sur un fer. Mais déjà mes poursuivants disparaissent au loin, je n'aperçois plus que les lumières de leurs torches qui s'estompent lentement comme des étoiles à l'aube d'un nouveau jour.

Bientôt je me laisserai lourdement chuter dans le talus, juste avant l'entrée de l'usine d'incinération des wagons. Bientôt un dernier regard pour mes frères de misère emportés vers le néant.

Paix à vos âmes !

Je suis vivant et libre. Et à la recherche de la vérité.

Je remonte la rivière jusqu'à un hameau. Cinq, six maisons tout au plus. Je vole un pantalon noir et une chemise bleue en toile épaisse qui sèchent sur un fil dans un jardin. La chemise est trop grande pour mes maigres épaules mais j'aime la douceur du tissu que je ne cesse de caresser comme une nouvelle peau. À l'hôpital je ne supportais plus la matière de mon uniforme psychiatrique, un nylon blanc électrique qui me démangeait. Il me mettait constamment en état d'irritation, la violence à fleur de peau. Je me grattais sans cesse avec des gestes nerveux, tics de fous qui me valaient des doses supplémentaires de calmants. Le tissu était très inflammable. Un jour, j'ai vu une torche vivante traverser la grande salle de l'hôpital en hurlant. Un suicide. L'homme est mort, étouffé par le nylon fondu qui s'était incrusté dans sa chair. Je me souviens, il se tortillait comme un ver sur le carrelage froid, gémissant de douleur. Il m'a semblé alors qu'une sorte de ricanement terrifiant se répandait dans les couloirs de l'hôpital. Un ricanement de cauchemar. Pour ne pas l'entendre je me suis bouché les oreilles avec mes mains. Je ne supportais plus cette violence, je me sentais différent des autres malades. Etais-je vraiment cet assassin qui avait horrifié le monde ? Moi qui me sentais si vulnérable ?

Je marche depuis vingt jours, à travers les champs, les bois, évitant les routes ou les terrains trop découverts. Je dors roulé en boule dans les fourrés, me couvre de feuilles pour dissimuler mon corps. J'aimerais pouvoir creuser la terre, m'enfoncer dans un terrier. Je suis un animal de fuite, une souris, un lapin, proie facile des prédateurs. Au moindre signe de vie humaine je cours me cacher, le cœur palpitant. Je sens en moi cette perpétuelle peur de la capture, du piège, de la mort, l'instinct de l'animal toujours en survie qui ne peut être que victime tôt ou tard. Je me nourris de fruits volés dans les vergers, de baies sauvages, de racines, je bois l'eau des ruisseaux au goût intense de liberté.

Vingt-cinquième jour. J'entre dans la ville.

Je n'ai plus de souvenirs, plus de repères, mon passé d'assassin effacé à tout jamais, emporté par une balle de 9 mm en pleine tête. Amnésique, je suis devenu étranger à moi-même. Je n'ai à l'intérieur de moi plus aucun sillon, plus aucune trace d'une quelconque personnalité. À l'hôpital psychiatrique certains malades me surnommaient « Personne », d'autres plus subtils « Le Vierge ». J'avais besoin de comprendre ce que j'étais devenu, cette curieuse sensation d'être et de ne pas être. J'avais besoin d'une image pour visualiser mon état. Je torturais sans cesse mon esprit défaillant. Je ne trouvais pas. Et puis est arrivé ce jour où je l'ai aperçu, torche vivante, traverser le couloir. J'ai rejoint la dizaine de malades qui faisait cercle autour de lui, le suicidé. Il était couché sur le sol, la peau noircie par les brûlures, étouffant dans son uniforme fondu. Il cherchait à happer l'air comme un poisson hors de l'eau. Soudain il s'est redressé, les yeux grands ouverts. Après un bref instant d'expectative béate, après un infime instant de silence à la frontière de la vie et de la mort où il m'est apparu vide, sans âme, il s'est effondré.

Voilà ce que je suis devenu. Cet infime instant de silence. Privé de mon passé je n'ai plus de personnalité, plus d'âme, je suis un corps vide mais je vis encore. Je suis un non-être.

Trois semaines que je me cache dans un réduit abandonné de deux mètres d'un côté, deux mètres de l'autre, deux mètres de haut ; juste un cube au cœur de la ville. Mon antre. La porte a été arrachée. À l'intérieur, sur la terre battue, quelques tessons de bouteilles, des bris de verre, des merdes humaines et des détritus divers. Il y règne une odeur à dégueuler amplifiée par la chaleur de l'été. Je bois l'eau croupie d'une flaque, bientôt asséchée, juste à côté de l'entrée. Je chie devant la porte pour repousser tout visiteur. Je sors à la va vite pour trouver de quoi manger dans les poubelles alentour. J'ai attendu que ma barbe pousse. J'ai attendu que la saleté, sueur mélangée à la poussière, couvre ma peau. J'ai attendu que ma puanteur soit si insoutenable qu'elle dissuade quiconque de m'approcher.

Aujourd'hui je suis prêt à m'aventurer de plus en plus loin hors de ma cachette. Mais je dois rester sur mes gardes. Les flics sont là, partout, à me guetter, à me pister, je le sais. Après mon évasion ils ont fouillé toute la contrée autour de l'hôpital psychiatrique, ont interrogé le moindre témoin susceptible de m'avoir aperçu. Ils savent que j'ai volé des vêtements sur un étendage, que je porte une chemise bleue, un pantalon noir et des chaussures en toile blanche que j'ai gardées de l'hôpital.

Ne prendre aucun risque, ne sortir que la nuit tant que je n'ai pas changé de peau.

Je tourne à droite, puis à gauche. J'erre dans les rues. Je traverse rapidement les halos de lumières des lampadaires, cherche l'obscurité, rase les murs. Je ne suis plus qu'une ombre. Je fouille les poubelles, les cartons abandonnés sur les trottoirs.

À droite, à gauche, de nouveau à droite.

Je marche longtemps, traverse de nombreux quartiers, me cache dans les recoins sombres pour ne pas être vu des rares passants.

À gauche.

Je remonte une ruelle étroite, fouille un bric-à-brac d'objets destinés à la décharge. Je découvre un sac de vieux vêtements sous un tas de planches moisies. J'en ressors un blouson gris clair à peine déchiré sur un côté. J'ôte ma chemise bleue, le passe. Il pue. Je le boutonne. Bien que léger il est beaucoup trop chaud pour la saison, surtout en ces journées caniculaires, mais il est à ma taille, peut-être juste un peu étroit. Je récupère la chemise bleue, je la cache dans un sac plastique que j'emporte avec moi. Surtout ne pas laisser de traces aux chasseurs.

Le pantalon noir volé sur l'étendage est suffisamment banal pour ne pas me mettre en danger. Reste les chaussures blanches de l'asile, une sorte d'espadrille tellement reconnaissable. Je ne dois négliger aucun détail, ma liberté ne tient qu'à un fil si fragile, la moindre erreur et je suis perdu. Il faut que je trouve d'autres chaussures.

Je reprends mes recherches. Encore quelques rues sillonnées, encore quelques fouilles. En vain. Le jour se lève. Demain je chercherai à nouveau.

Pitié, compassion, humanité, je ne sais quoi encore ! Des mots prononcés par le directeur de l'hôpital prison lorsqu'il m'a tendu une copie du dossier judiciaire. C'est à ma sixième demande, après m'être ouvert les veines pour la seconde fois, qu'il a fini par accepter. Par compassion ? Quel salaud ! Il m'aurait bien laissé crever dans l'ignorance si le psychiatre qui m'avait en charge n'était intervenu en ma faveur. Lui non plus n'agissait pas par humanité. J'étais pour ce médecin avant tout un champ d'expérience, un cobaye qu'il étudiait avec passion. Je savais qu'il écrivait un livre sur mon cas. Comment aurait-il pu manquer une telle opportunité ? Un tueur en série devenu amnésique ! Il était intrigué par mon obstination à vouloir lire le récit de l'affaire criminelle et curieux de voir l'impact qu'il aurait sur mon comportement et sur ma mémoire. Comment aurait-il pu se douter que ma demande était un acte de révolte qui avait pour source un cri silencieux ? Un cri qui venait des tréfonds de mon corps.

J'ai obtenu le droit de consulter mon dossier judiciaire quelques heures par jour dans ma chambre cellule. 350 pages, 1 kilo 7, le poids de ce qui restait de mon existence. J'étais bouleversé en découvrant les premiers mots inscrits sur la page de garde : « Dossier Bastien Dibansky. » Je les ai répétés, répétés, répétés…

Bastien Dibansky ! Un nom pour un salaud de tueur de femmes. Moi qui ne sentais plus guère d'émotion, je me suis mis à pleurer. Bastien Dibansky, c'était donc moi, enfin plus vraiment, un autre moi, un inconnu pour moi-même qui n'a plus de souvenirs. Devais-je l'aimer ? Ressentir du dégoût ? Cent fois j'ai lu et relu mon dossier à la découverte de mon passé. J'étais flic, un bon flic paraît-il, mais aussi un assassin. Cinq femmes, j'en ai tué cinq. Toutes brunes avec de longs cheveux. Un salaud de malade qui leur cousait le sexe, *post mortem*.

Trois nuits que je parcours la ville dans l'espoir de trouver de nouvelles chaussures. Je commence à désespérer. Ne pas les trouver signifie ne pas pouvoir sortir le jour ou alors en prenant le risque d'être repéré, capturé, reconduit dans ma cellule, reconduit dans mon enfer. Mais comment pourrais-je découvrir la vérité si je reste cloîtré dans mon antre ? Il me les faut ces putains de chaussures, sans elles je suis perdu.

J'ai tant marché que les muscles de mes jambes sont durs et douloureux. Mes pieds me font souffrir, là où des ampoules ont éclaté, là où l'usure a mis la peau à vif. Je traverse un petit square, m'assois sur un banc, dans un coin sombre. Il y fait un peu plus frais. J'allonge mes jambes, je me détends, protégé par l'obscurité, hors du monde. Je respire profondément, ferme les yeux. Je me sens bien. Je savoure ma liberté. Ma liberté ! Je me redresse d'un coup. Comment je peux rester ainsi à perdre du temps ! Je m'invective, me gifle. Quel idiot ! Je suis un monstre évadé, traqué, haï, chaque seconde est si importante. Je me lève avec détermination, marche d'un pas rapide, volontaire. Il faut que je trouve ces putains de chaussure.

À gauche, à droite, de nouveau à gauche, je grimpe des escaliers, arrive au sommet d'une bute, descends une rue en pente. Et puis je les vois, noires, brillantes, posées sur un muret. Elles semblent m'attendre. Un des côtés est abîmé, la semelle est trouée. Je les aime déjà. J'ôte mes chaussures blanches de l'hôpital, essaie d'enfiler les nouvelles, plein d'espoir. Elles ne sont pas de ma pointure, trop petites. Je tords les bords pour les assouplir, ôte les lacets, sors la languette. Ces chaussures, si capitales pour moi. Il me semble tout à coup qu'elles sont le gage de ma réussite. Oui, si je parviens à les enfiler alors je vaincrai ! J'en fais le pari, je mise tout mon espoir sur ce présage. J'insiste, force, réussis à gagner quelques millimètres précieux mais ne parviens toujours pas à entrer mon pied. Je brise un bout de bois que j'ai extrait d'un monticule de gravats. J'en utilise un morceau, suffisamment grand, comme chausse-pied. Je recroqueville mes orteils, appuie de tout mon poids pour passer le talon. À force de volonté je parviens à entrer un pied, puis l'autre. Je me sens soulagé. J'ai réussi ! J'ai envie de crier ma joie mais me retiens. Surtout ne pas attirer l'attention, je suis condamné au silence. Je fais quelques pas. Mes pieds comprimés me font horriblement souffrir, j'en suis réduit à boiter. Ma démarche est si étrange, si ridicule, que j'en ris. Je force même le trait, j'en rajoute, clown de moi-même. Je ne peux plus m'arrêter de rire. Un rire nerveux, un rire de désespoir. Je dois me résigner, accepter l'échec. Ma démarche attirerait tous les regards, moi qui cherche à ne pas être vu. Je me sens soudain accablé. Je comprends d'un coup l'ampleur de ma tâche, l'impossibilité de réussir. Tant de difficultés s'annoncent sur le chemin de ma résurrection, le chemin de la vérité, et la première, dérisoire, se

17

transforme en barrière insurmontable. J'ôte les chaussures noires, je les jette loin de moi, en colère contre ma malchance. Je remets les blanches de l'hôpital. L'aube se lève. Je rebrousse chemin, découragé.

J'étais un tueur de femmes, mais aussi un flic. Ma force était que j'enquêtais sur mes propres meurtres, j'étais le chasseur et le chassé. Il est dit dans le dossier que je pouvais facilement cacher, détruire les preuves, truquer l'enquête, ce qui me procurait un sentiment de toute puissance et donc une forte jouissance. Ce manège macabre a duré trois ans et a pris fin grâce à la perspicacité de deux autres flics qui menaient, en secret, une enquête parallèle à la mienne. Ensuite je suis devenu plus rien, ni bon, ni méchant, ni flic, ni assassin, juste un fantôme à cause de cette balle qui m'a tué lors de mon arrestation. Elle a pénétré par le lobe temporal, traversé l'hémisphère droit pour finir sa course en plein milieu de mon cerveau. Tout est dit dans le dossier. Je me suis efforcé de comprendre ligne après ligne, mot après mot. Je souffre d'une amnésie rétrograde épisodique, c'est-à-dire que je n'ai plus aucun souvenir de ma vie antérieure, de ma vie d'avant la balle de 9 mm. Aujourd'hui je ne suis plus personne.

Je tourne dans mon antre.
Putain de chaussures, elles m'obsèdent. Je les déteste. Elles portent en elles le souvenir de la souffrance, elles sont mes ennemies prêtes à me trahir, à me faire échouer. Je perds un temps précieux. Que faire ? Prendre le risque malgré tout de sortir le jour, de me faire capturer, d'anéantir tous mes espoirs à cause d'une simple paire de chaussures ?

Je m'assois, m'adosse contre le mur en béton. Je me déchausse. Je crache sur une chaussure à plusieurs endroits, étale ma salive sur la toile avec mon doigt, la frotte contre le sol pour que la poussière noire s'y colle. Elle a perdu de sa blancheur mais ce n'est pas suffisant pour la rendre méconnaissable. Je la regarde de près, la tourne dans un sens, dans l'autre, à l'endroit, à l'envers, dessus, dessous. Je l'ausculte, cherche une solution. Peut-être, oui peut-être ! Je fouille la terre, là où j'ai repéré un bout de fer rouillé. Une sorte de vieux clou cassé en son milieu. Si peu de chose ! Je saisis une pierre, frappe sur une extrémité. Je m'écrase les doigts à plusieurs reprises, serre les dents pour ne pas crier ma douleur. Je n'abandonne pas. Je rends le bout de fer pointu. Je m'en sers pour découper la toile tout autour des semelles que je perce par endroit. Je glisse dans les trous des bouts de ficelles récupérés pour en faire des lanières. Le travail fini, les doigts blessés, j'admire mes nouvelles chaussures un long moment. Qu'elles sont belles ! Elles ressemblent à des sandales. L'instant est ridicule mais je suis bouleversé. J'ai créé quelque chose, un objet palpable, concret, moi le non-être. J'existe donc ! Je les mets à mes pieds, me lève, fais quelques pas. Je serre un peu plus les ficelles. C'est parfait. Une bouffée de fierté m'envahit. J'ai vaincu l'obstacle, je retrouve confiance. Je vais pouvoir reprendre ma route, ma route vers mon passé, mon histoire.

Je brûle la chemise bleue et la toile des chaussures jusqu'à la dernière fibre.

Deux mois se sont écoulés depuis mon évasion. Je suis prêt. Je sors de mon antre. Le soleil est haut dans le ciel, la luminosité est forte, la chaleur accablante.

Je ne ressemble plus à la photo affichée un peu partout, diffusée sur tous les écrans de la ville, avec la mention « Recherché ». Je ne porte plus les mêmes vêtements, je suis sale, je pue, de grosses plaques rouges ornées de croûtes couvrent ma peau, je suis un pestiféré. Les passants préfèrent ne pas me voir, épouvantés par tant de laideur répugnante. Je suis passé de l'autre côté, dans le monde parallèle, le pays de ceux qui n'arrêtent plus la lumière. Invisible je suis plus fort.

Je tourne à gauche, dans une petite ruelle bordée d'arbres, puis à droite, et encore à droite. Je rejoins la rue qui longe le canal. Je soulève le couvercle d'une poubelle, fouille à l'intérieur. Quelques emballages en carton et en dessous des restes de poulet cuit mélangés à divers détritus. Je les trie, les avale en évitant de mâcher pour ne pas souffrir de leur arrière-goût de pourriture. Ailleurs je ramasse avec délicatesse un sandwich presque intact que j'emballe dans un papier journal pour le repas du soir. C'est mon jour de chance. Le moindre geste de la providence me réchauffe le cœur. Un peu comme si quelqu'un, là-haut, prenait soin de moi. Quelqu'un qui m'aime, moi le monstre honni de tous.

J'arrive sur la petite place où je remplis ma bouteille à la fontaine. C'est la première fois que je la vois en plein jour. Il y a du monde. Des jeunes, beaucoup, assis par terre sous les arbres, des plus âgés sur les bancs, et une troupe de mômes qui court après un ballon. Ai-je été un enfant joyeux, léger, virevoltant, riant, comme ceux-ci ?

Mon enfance ! Les psychiatres l'ont étudiée dans les moindres détails à la recherche de ma perversité. Ils ont interprété tous les drames, incidents, anecdotes et pour finir ont collé leurs mots savants pour preuve de ma folie. Pour tous ces experts de l'humain, ma destinée se résumait en un seul mot : psychopathe.

Une patrouille de trois flics déboule sur la place. Ils scrutent les environs, dévisagent les gens. Le regard de l'un d'eux, le plus jeune, s'arrête sur moi. Mon cœur s'accélère, je sens la sueur couvrir ma peau. Me calmer, me maîtriser. Des images de l'hôpital psychiatrique me hantent soudain. Le regard des fous, le mien si vide, l'insupportable blancheur, la violence. Le jeune flic me fixe toujours. Je me concentre sur ma bouteille. Je le vois me désigner du doigt à son supérieur. Ma main tremble, je ne parviens plus à maintenir le goulot sous le jet de la fontaine. L'eau, fraîche, coule sur mes doigts. Respirer profondément, une fois, deux fois, trois fois… La patrouille s'approche de moi d'un pas décidé. Ne pas paniquer malgré mon désir de fuir. Je me répète que je suis invisible, invisible, invisible… Ma bouteille déborde, je la rebouche sans précipitation. Surtout ne pas paraître suspect. Je m'éloigne sans presser le pas, sans me retourner. Peut-être ne sont-ils plus après moi, peut-être ont-ils bifurqué, peut-être que j'ai eu bêtement peur, peut-être ne venaient-ils pas vers moi mais seulement dans ma direction ? Oui, c'est sans doute ça. Je ris de ma peur. Je me sens si stupide. Bien sûr que c'est ça, ils n'ont rien à faire d'un être invisible. Je me retourne. Ils sont là, juste derrière moi. Le chef m'apostrophe. Ne pas leur montrer la terreur qu'ils m'inspirent, ne pas leur communiquer l'angoisse de la capture qui me dévore. J'avance vers eux d'un pas volontaire, me dévoile un peu plus à leurs regards. Ils esquissent un mouvement de recul, écœurés par mon odeur qu'ils reniflent à plein nez, écœurés par mes croûtes disséminées sur mon visage. Je joue le clochard sympathique, leur souris, tends la main au chef pour le saluer, le toucher. Il esquive mon geste, un air de dégoût accroché aux lèvres. Je lis la crainte dans ses yeux, je devine ses pensées. Lui aussi veut fuir, fuir cette confrontation avec la déchéance humaine qui pue, fuir ce corps rongé par la maladie d'où s'échappent des relents de mort. Il a peur de la contagion. Il hésite, me dévisage à bonne distance, son regard descend le long de mon corps, je le sens, il brûle ma peau. Il cherche un détail, un indice, s'arrête sur mes chaussures, revient à mon visage. Je m'approche de lui, tout près, me gratte furieusement le corps pour l'effrayer un peu plus. Il recule. Encore un instant d'hésitation, un instant si long. D'un geste de la main il ordonne à ses hommes de faire demi-tour. Ils s'en vont. Je respire.

Psychopathe. J'ai répété tant de fois ce mot vide de sens pour moi qui ne suis plus moi-même, ce mot comme une condamnation de Dieu. En n'étant plus personne, n'ayant plus de passé, étais-je encore un assassin ? « Je » était devenu un autre, vivant mais vide, plus qu'une enveloppe de peau, un simple regard. Mais où se cache l'essence de l'être ? Allez savoir dans quelle partie du corps se dissimule le mal. N'y avait-il pas une graine du diable quelque part, enfouie au plus profond de mon corps, dans un organe, un muscle, un nerf, qui aurait pu de nouveau germer, croître, s'emparer de moi et me pousser de nouveau à la barbarie ? Un presque rien indicible de mon ancien moi logé je ne sais où ? Je l'avoue, ce petit quelque chose, je l'ai ressenti. Cette infime parcelle du passé, rescapée de ma destruction, s'agitait parfois pour se faire entendre. Elle émettait comme des ondes, quelque chose qui ressemblait à une très vague sensation de révolte. Je n'en comprenais pas le sens, mais elle me terrifiait. J'ai essayé de la faire taire, de la détruire mais elle ne se résignait pas. Bien au contraire elle amplifiait. J'ai appris à l'écouter. Cette petite chose de mon ancien moi n'était pas une survivance du mal, de ma folie passée, cette petite chose était une souffrance. Un cri.

De retour dans mon antre.

Je m'agenouille à l'angle du mur, dans le coin le plus obscur. Je creuse avec mes mains le sol pour déterrer le dossier, ma bible, soigneusement caché. J'aime cette sensation de la terre sous mes doigts, j'aime la faire couler dans ma main, malléable, parfois dure, parfois délitée suivant l'humidité ambiante. J'aime ce qui change, se transforme, se modifie, en somme tout ce qui vit. À l'hôpital tout était en dur, inamovible, figé. Je retire le dossier du sachet plastique censé le protéger. Je l'ouvre. Combien de fois l'ai-je fait ! Je fais tourner sous mon pouce la mollette du briquet trouvé dans un caniveau, j'allume le cierge que j'ai volé dans une église. À la lueur de sa flamme, je lis et relis les lignes de ma vie passée. Mon obsession. Ce mec, raconté dans un style dénué de toute émotion, disséqué comme un insecte étudié à la loupe, ce mec est donc moi.

Je suis né un 23 septembre, mon père s'appelait Edouard Dibansky, il était médecin. Mon cher papa, ce serait en partie de ta faute si je suis devenu un monstre. Tu as été tué de plusieurs coups de couteau pour une somme dérisoire. L'assassin n'a jamais été retrouvé. Le cabinet médical faisait partie du domicile familial, j'ai assisté, témoin impuissant à cette boucherie. Je t'ai vu te traîner, agonisant et moi paralysé de terreur, jusqu'à la porte d'entrée, laissant derrière toi une large trace rouge comme de la bave d'escargot. J'avais trois ans, toi quarante. Est-ce que je t'aimais ? Certainement. Est-ce que tu m'aimais ? Je l'espère, si fort.

Ma mère aurait également sa part de responsabilité dans ma folie. Elle s'appelait Marie, nom de jeune fille Marlot. Après la mort de mon père elle est tombée dans une grave dépression qu'elle soignait à coups d'anti-dépresseurs mélangés à de la vodka. Dans ses phases aiguës de désespoir elle n'était plus capable de s'occuper de ma sœur et de moi, nous avons alors été placés dans des foyers. Ce sont surtout les cinq années après l'assassinat de mon père qui ont été chaotiques. Maison, foyer ; foyer, maison. D'après le dossier, ma mère voulait retrouver au plus vite l'amour d'un homme pour s'y accrocher comme à une bouée de sauvetage. Une angoisse panique la poussait à cumuler les amants pour se donner l'illusion de ne pas être seule face à la vie. Mais quel homme aurait accepté de vivre avec une veuve dépressive, alcoolique, flanquée de deux marmots ? De nombreux amants défilaient donc à la maison mais aucun ne restait. Ils y venaient la plupart du temps lorsque nous étions, ma sœur et moi, à l'école.

Chapitre : « Rapport de personnalité. »

Un jour où je m'étais enfui de l'école toute proche, j'avais pénétré discrètement dans la chambre de ma mère. Je l'ai surprise avec un amant. Le témoignage de ma mère, dans le dossier, tourne à l'interrogatoire. On exige d'elle une grande précision des faits, jugée indispensable pour mieux m'analyser. La scène y est décrite sans aucune pudeur, là encore en termes froids

24

qui ne laissent aucune place aux désirs, au plaisir, à la complicité du couple, à l'humain et à l'amour. J'imagine la honte éprouvée par cette femme, ma mère, à devoir s'exhiber de la sorte.

Page 82 du dossier : « Madame Marie Dibansky déclare qu'elle était nue, à quatre pattes au-dessus du corps allongé de son amant, penchée en avant pour l'embrasser, cambrée, les cuisses écartées pour qu'il puisse la caresser. L'enfant Bastien, âgé de 6 ans, est entré à cet instant dans la chambre et a surpris sa mère dans cette position, le sexe offert… » Et de là à mettre en rapport cette image avec le sexe cousu de mes victimes. Traumatisme lié au sang, traumatisme lié au sexe, à la femme, à la mère, enfance chaotique. Psychopathe.

Il est précisé page 86 que j'aimais ma mère plus que de raison. Idéalisation de la mère, encore un argument d'après les psychiatres qui plaide pour la perversité, encore un mauvais point pour mon ancien moi. Mais il est également inscrit dans ces foutus papiers quelque chose qui me bouleverse à chaque lecture. Ma mère y exprime, page 84, tout son amour pour moi.

Combien de fois j'ai regardé sa photo ? Combien de fois j'ai embrassé son image glacée en essayant de ressentir une émotion ? Après mon arrestation elle est tombée gravement malade, sans doute par ma faute. Se sentait-elle coupable ? Elle est morte trois semaines après mon internement. Le jour où un gardien de l'hôpital est venu m'annoncer son décès, j'ai compris à quel point je n'étais plus humain. Ma mère ! Des mots vides de sens pour moi. Ce sont les souvenirs de l'être cher qui nous bouleversent, je n'en avais aucun. J'aurais tant aimé m'effondrer en sanglots, sentir une boule d'angoisse dans ma gorge. Mais rien de tout ça, seulement le froid, une putain d'indifférence. Pour ressentir une douleur, je me suis cogné la tête à plusieurs reprises contre le mur de ma cellule en regardant sa photo. Mon sang était mes larmes.

J'ai donc aussi une sœur, Aude, de quatre ans mon aînée, célibataire, un enfant. Je l'ai vue lors du procès, le deuxième jour. Elle a témoigné à la barre. Puis elle n'est pas revenue, même pour le verdict. Mon père, ma mère, Aude ! J'éprouve de l'affection pour eux qui étaient ma famille et qui me sont devenus inconnus. Pardon pour vos souffrances, votre honte, pour tous ces crimes dont je n'ai plus conscience.

Le dossier dit également que j'avais une compagne, une certaine Francesca Rossi. Elle aussi a disparu de ma vie. Même pas une photo. Pourquoi n'a-t-elle pas témoigné au procès ? Trop douloureux peut-être ! En cinq ans d'internement je n'ai eu aucune visite. Rien d'anormal. Les autres fous dangereux n'en avaient pas non plus. Nous étions enfermés dans le cul du monde pour être oubliés.

De nouveau cette douleur, cette chose qui remue en moi à chaque lecture de ma vie, cette sorte de cri inaudible. Pourquoi ce cri ? Je me suis posé mille fois la question du fond de ma cellule. Je devais comprendre. Je pressentais une sorte de message de moi à moi, mais si obscur. Et puis à force de l'écouter, jour après jour, j'ai commencé à distinguer une forme, quelque chose de vaporeux comme une intuition. Ce cri fissurait la logique parfaite de mon histoire. Il s'élevait pour troubler, pour ébranler, pour refuser. Quoi ? Un mot m'est venu à l'esprit : évidence. Ce cri se révoltait contre l'évidence, contre les faits, la logique, la preuve. Il résistait à cette vérité qu'ils avaient enfoncée dans mon cerveau vierge de tout souvenir, vérité qu'ils avaient affichée comme absolue à la face du monde. Je me suis mis à douter. Et si tout n'était que mensonge ?

Je saisis la bouteille, bois quelques gorgées d'eau fraîche. Je la sens couler à l'intérieur de mon corps. C'est si bon !

Retour au dossier.
Certains experts ont affirmé que j'avais choisi le métier de flic pour m'approcher du crime. Inconsciemment bien sûr. Un premier pas vers le sang, la mort, la pulsion de violence. Les prémices de mes propres actes. D'autres, au contraire, ont soutenu que l'immersion dans le monde du crime avait réveillé en moi le traumatisme et déclenché le passage à l'acte. Pendant les premières années de ma carrière je n'ai fait que mon métier. J'étais un bon flic qui trouvait ce que les autres ne trouvaient pas. Ma méthode consistait à m'imaginer être l'assassin, à tenter de refaire ses gestes, à essayer de ressentir ce qu'il avait ressenti en tuant. En somme, à devenir lui. Quelques-uns de mes collègues ont déclaré avoir été effrayés par cette immersion dans la personnalité du tueur. Ils craignaient que je me perde à tout jamais. Me suis-je perdu ? Bien que travaillant en duo, je faisais figure de solitaire, allant toujours plus loin, dépassant les limites, traquant avec une passion maladive la vérité et l'assassin. L'idée du crime impuni, comme l'avait été celui de mon père, m'était insupportable. J'avais pour principe de ne jamais lâcher une enquête et je les ai, de fait, toutes résolues. Ma hiérarchie

appréciait mon efficacité mais craignait ma personnalité jugée malsaine. C'est au nom de cette efficacité qu'ils m'ont donné la direction d'une enquête difficile. Ma dernière enquête. Un tueur de femmes que les médias avaient surnommé « le Couseur ». Je faisais équipe avec Yann Cinno, un flic tout proche de la retraite avec qui je travaillais depuis trois ans.

Témoignage de Yann Cinno, page 136 : « J'ai eu à plusieurs reprises des doutes sur la santé mentale de mon collègue Bastien Dibansky. Je me souviens de cette affaire où on avait retrouvé une femme dépecée dans une cave. À côté du corps il y avait une combinaison de chirurgien couverte de son sang qu'avait portée l'assassin. Dibansky l'a revêtue. Il m'a dit que c'était pour se fondre un peu plus dans la peau du tueur. J'ai ressenti un profond dégoût. Je me suis dit que c'était bien ma veine j'allais finir ma carrière avec un cinglé. »

Page 138 : « J'ai croisé une ou deux fois ce genre de flics au cours de ma carrière. Ceux qui prennent le risque parfois de se faire une petite balade de l'autre côté de la ligne, de se glisser parmi les ombres du mal. Dibansky, lui, y allait systématiquement, peut-être parce qu'il avait compris qu'il était l'une de ces ombres. Il avait comme une fascination pour le crime, une sorte de mystère. »

Cinno a également déclaré qu'au début de notre collaboration, il avait ressenti un peu d'affection pour moi à cause de mon jeune âge. Il a dit aussi que je dégageais de la sympathie, un certain charme. Mon entourage, mes amis, ma famille ont tous insisté sur ce point. Les experts psychiatres appellent ça le clivage du moi. Derrière l'ange, le démon. Même mes bons côtés étaient une preuve de ma culpabilité.

Sans doute à cause de cette affection, Cinno avait couvert à plusieurs reprises mes écarts avec la déontologie et avec la procédure que je me permettais pour boucler mes enquêtes.

Toujours page 138 : « La salade judiciaire, le droit des suspects, ça l'emmerdait. Pour Dibansky, seule la vérité comptait et peu importe comment il l'obtenait. Il lui fallait un coupable à tout prix. Une véritable obsession de malade. »

Le brave collègue Cinno était là pour réparer les dégâts et éviter les vices de procédure.

Il en vient à l'affaire page 139 : « J'ai souvent été scotché par la force de déduction de Dibansky. Mais là, sur cette enquête du « Couseur », il faisait preuve d'un véritable don extralucide. Là où moi je ne voyais rien, il décelait des indices, parvenait à décrypter avec précision le *modus operandi* de l'assassin. Et il avait la plupart du temps raison. J'étais impressionné. Comment j'aurais pu imaginer ? Il était mon collègue, je devais lui faire confiance. À aucun moment j'ai douté de lui, je mettais ça sur le compte de son génie ou de sa folie. Le salaud ! Il me menait en bateau, il jouait avec moi, c'était lui l'assassin. »

Cinno ne supportait pas que je l'aie trahi à ce point, lui, le bon collègue. En conclusion il me haïssait et aurait aimé être celui qui m'a mis une balle dans la tête. Il n'était pas le seul.

Je referme le dossier, le replace dans sa tombe. Je le recouvre de terre que je tasse avec le pied.

Deux mois que je me suis évadé, que je me terre comme un animal blessé, que je rassemble mes forces, que j'aiguise ma détermination, forge ma volonté. Pour découvrir quoi ? Je n'en sais rien. Je ne fais qu'écouter le cri qui lacère mes tripes.

Premier crime. Je me rends sur les lieux. Un quai le long du fleuve. Une pute surnommée Nona, Zora Molina de son vrai nom, vingt-trois ans. Tout est dit dans le dossier. Elle suit l'assassin, moi, sans crainte, un simple client, là où elle officie, dans le coin sombre des voûtes du quai. Un premier coup de couteau, dans le ventre, lobe supérieur de l'estomac. Coup précis, répété pour chaque crime. Je l'empêche de crier avec ma main, pour preuve les marques de doigts gantés au bas du visage. Deuxième coup porté sur le flanc gauche, intercostal d'après le compte rendu du légiste. Puis un troisième au foie pour accélérer l'hémorragie. Après son dernier souffle, je la couche sur le sol, la déshabille, dépose ses vêtements soigneusement pliés près de sa tête, lui écarte les jambes, lui couds le sexe avec un fil de cuir d'une épaisseur d'un millimètre. La couture dessine une sorte de 3, ou encore la lettre grecque Sigma inversée en 4 lignes brisées. C'est ma signature, ma folie. Je sais tout cela par cœur. Lu et relu dans le dossier jusqu'à la nausée.

D'après ce que j'ai compris des témoignages des experts, en plus de la mémoire épisodique il y a la mémoire sémantique qui touche au langage et celle appelée procédurale. Celle qui est incrustée en nous, en quelque sorte la mémoire du corps.

Je fais quelques pas vers le lieu du crime indiqué précisément dans le dossier. Je tremble, j'ai peur de ce que je vais découvrir. Je respire profondément, essaie de me calmer. Je me mets en condition, me force à imaginer la scène décrite page après page pour la revivre. Ne pas penser, laisser mon corps se trahir. Le moindre frémissement, la moindre sensation, le moindre geste réflexe échappé de mon corps et je saurai que je suis cet assassin. Je me concentre. Ferme les yeux. J'essaie de voir son visage tant de fois vu sur les photos anthropométriques du dossier. Ses cheveux noirs, longs, comme ceux de ma mère. Elle n'est pas vraiment belle, des lèvres fines, un nez un peu épaté, un regard sans expression. Elle porte une jupe noire, courte, un blouson fin, fluo, brillant que j'imagine partiellement déboutonné pour que je puisse entrevoir ses seins. Me concentrer, visualiser la scène, la revivre. Elle est là, face à moi, bien vivante. J'imagine qu'elle se tait, moi aussi. Le silence et la pénombre, le sexe et la violence. Elle s'avance vers moi. Peut-être a-t-elle à cet instant la poitrine totalement dénudée, peut-être a-t-elle posé sa main sur ma braguette pour commencer à m'exciter. Que s'est-il passé dans mon corps ? D'où est venue cette pulsion meurtrière, de quelle partie de mon cerveau malade ? Rien, je ne sens rien. Me concentrer encore, imaginer encore, m'imprégner de la scène. Premier coup de couteau. Son regard qui me fixe, stupeur et douleur mêlées... Je m'imagine la prendre contre moi, la serrer fort pour l'empêcher de fuir, poser ma main sur sa bouche pour l'empêcher de crier. Les convulsions de son corps qui se vide de son sang, le stress qui parcourt sa peau, ses derniers soubresauts, la vie qui s'échappe. Que pouvais-je ressentir ? Excitation, jouissance, soulagement ? Surtout ne pas lâcher, harceler mon corps, le torturer jusqu'à ce qu'il crache une bribe de ce passé d'assassin. Je veux une réponse, je veux la vérité. La pute, le couteau, le

31

sang… Je frappe de nouveau, une seconde fois sur le côté, une troisième dans le foie.… La pute, le couteau, le sang… Son regard, son corps contre moi, son sang qui l'inonde… Je frappe de nouveau, encore et encore. La pute, le couteau, le sang…

Dans mon antre.

Je tourne comme une bête. Je frappe du poing le mur en béton, une fois, deux fois, trois fois. Me faire mal pour faire disparaître la douleur bien plus insupportable du désespoir. Là-bas sous la voûte des quais, là où j'aurais commis mon premier crime, la mémoire de mon corps a parlé. Je l'ai ressentie cette pulsion tant redoutée, cette pulsion aux allures d'aveu. Je l'ai sentie parcourir mes membres, descendre le long de ma colonne vertébrale. Mon corps s'est trahi. Je serais bel et bien ce putain de tueur de femmes ? Je prends le dossier, déchire la première page, la seconde, la troisième. Je le jette dans la poussière avec rage. Le cri ne signifierait donc rien ? Un simple leurre pour créer de l'espoir, un mensonge de moi à moi, l'instinct de survie de mon corps pour que je ne me suicide pas ? Je me frappe la poitrine, lacère ma peau de mes ongles noircis de crasse. J'ai tant espéré être innocent. Je m'affale sur la terre, anéanti. Mourir ? Oui, maintenant que je sais que le cri n'est qu'illusion, que je n'ai plus d'espoir. Surtout arrêter de souffrir, arrêter d'être cet assassin. Je saisis le bout de fer que j'avais rendu pointu pour fabriquer mes sandales. Je remonte la manche de mon blouson, me fais un garrot avec un bout de cordelette. Mes veines deviennent saillantes, d'un joli bleu. Disparaître, disparaître à tout jamais. Il suffit d'un geste, sec et rapide. J'approche le bout de fer de ma peau. Oui, il faut que je le fasse, que je détruise le monstre. Je me concentre, rassemble mes forces. Maintenant ! La pointe de fer passe sur mes veines. Je relâche le garrot. Le sang coule sur mon bras. Quelques gouttes tombent sur le sol, se mélangent à la terre.

Je sais, il y a le regard des autres, leur haine de moi, leur violence à mon égard pour tous les crimes que j'ai commis. Je sais, il y a ma douleur d'être marqué à vie du sceau de la bête, il y a mon désespoir d'être rejeté par l'humanité, la déchéance. Je sais tout ça. Mais aujourd'hui je ne suis plus cet assassin, je ne suis plus le « Couseur », je suis un homme nouveau, sans mémoire, lavé de tout passé, de tout crime. Un autre lui-même qui, lui, est innocent.

Je hurle :

- Innocent !

Le sang ne coule presque plus le long de mon bras. Un filet si mince, trop mince. Au moment de couper j'ai relâché la pression sur le bout de fer. Pourquoi devrais-je mourir puisque aujourd'hui je suis un autre ? Pourquoi ne pas continuer à vivre à côté du monde, caché dans mon antre, invisible aux yeux de tous ? Pourquoi ne pas errer le reste de mon existence, homme puant, condamné à n'être personne, mais vivant et libre ? Oublier le cri, oublier l'assassin qu'ils disent que je suis, oublier ce passé qui me fait si mal. Repartir de zéro, me reconstruire une vie, remplir cette mémoire vide de nouveaux souvenirs comme le ferait un enfant. Oui, une nouvelle vie ! Je me sens tout à coup léger, débarrassé de la peau de l'infamie. Je souris, emporté par une sorte d'enthousiasme, de soudaine félicité. Une nouvelle vie ! Je ris, je pleure. Je suis fou.

Je tourne de nouveau dans ma cage. Non, quelque chose ne colle pas! Je l'entends, il est toujours là. Il vibre au fond de mon être, s'agite. Le cri n'a pas abdiqué, lui ! Comment peut-il être si obstiné s'il n'est que mensonge ? C'est lui qui m'a conduit ici, c'est lui qui m'a donné la force de ne pas mourir, de ne pas me tuer là-bas chez les déments. Je dois lui faire confiance.

Ne pas désespérer, ne pas lâcher. Jamais ! Raisonner autrement.

J'ouvre de nouveau le dossier. Page 153. Je relis le témoignage de mes anciens collègues flics, le passage où ils disent que j'essayais de me mettre dans la peau des assassins, de devenir eux. Combien de fois l'ai-je fait avec le Couseur ? Combien de fois je me suis efforcé de comprendre sa psychologie, son esprit, son âme ? Combien de fois j'ai imaginé être lui pour refaire ses gestes d'assassin, pour revivre la scène du crime sous les voûtes ? J'ai peut-être donné à mon corps la mémoire d'un acte qu'il n'a pas commis, la mémoire d'un autre. Je serais comme un acteur vampirisé par le personnage qu'il incarne. Je porterais en moi le Couseur, il serait là, à l'intérieur de mon corps, mais je ne serais pas lui. Je veux tant ne pas être lui. Je suis peut-être un non-être où s'est niché un parasite assassin.

Ne plus faire confiance à mon corps, me méfier de moi-même. Ne pas perdre pied, ne pas me laisser envahir par la folie. Puiser l'énergie contenue dans le cri.

Je ramasse les premières pages que j'ai déchirées, les replace dans le dossier. Sur la couverture, la première ligne : « Dossier Bastien Dibansky ». C'était moi.

J'avais assisté à la scène quelques jours auparavant. Un clochard aussi mal en point que moi, était étendu sur un banc. Deux hommes se sont approchés de lui. Ils sortaient d'une camionnette flanquée d'un bandeau « Service Social » de chaque côté. Ils portaient une combinaison grise pour uniforme et des gants en plastique transparent. L'homme semblait heureux de les voir, il semblait les connaître. Il les a suivis, a grimpé à l'arrière du véhicule.

Je l'ai revu le lendemain au même endroit. Il était propre, vêtu de nouveaux habits, les cheveux plus courts et la barbe taillée.

Je devais prendre le risque de redevenir humain pour pouvoir m'approcher des hommes et donc de la vérité.

Je me suis étendu sur le banc et j'ai attendu. Comme prévu ils sont arrivés, m'ont invité à les suivre. Nous étions trois à l'arrière de leur camionnette. Il y avait une femme qui n'arrêtait pas de parler avec passion à un être invisible, peut-être un mari, un fils, un frère, qui semblait là, planté devant elle. Ils étaient nombreux à l'hôpital à délirer de la sorte, à être perdus dans un monde imaginaire si réel pour eux. Je n'avais pas cette chance, sans souvenir mon univers était plat, il se bornait au concret. La femme portait un foulard d'un joli jaune, impeccablement propre, qui cachait sa chevelure crasseuse. Bien sûr toute son humanité, tout son être, était dans ce foulard. Je l'imaginais le laver à une fontaine chaque matin, le positionner méticuleusement sur sa tête, seule fierté de son existence. Elle portait un lourd manteau d'hiver et était nue dessous. Par moment, lorsqu'elle bougeait les jambes, j'entrevoyais son sexe.

Le sexe des femmes ! Mon corps resta muet sur ce traumatisme du passé, aucun tremblement, frémissement, aucune émotion.

Je tourne le robinet de la douche. L'eau fraîche inonde ma tête. Quel bonheur ! Un jus noirâtre coule le long de ma peau et chemine de mes pieds jusqu'à l'évacuation. Au contact de l'eau une bouffée de puanteur plus forte, plus âcre, insoutenable, s'échappe de mon corps et envahit la cabine puis s'estompe lentement pour disparaître.

Suis-je délivré ? Délivré de cette camisole de folie de mon ancien moi, le sexe de ma mère, le corps ensanglanté de mon père. Camisole qui m'aurait rendu d'après les psychiatres, assassin. A-t-elle disparu, emportée par la balle de 9 mm comme mes souvenirs ? Ou bien n'a-t-elle jamais existé ?

Je me lave les cheveux, le visage, le corps avec un savon qui exhale une odeur de fleurs. Mes muscles se relâchent.

Qu'ont-ils fait de mon être passé ? L'ont-ils modelé, interprété pour qu'il corresponde à leur évidence ?

Je sors de la douche, me sèche.

Me faire confiance, toujours écouter le cri. Opposer à leur logique, à leur raison bétonnée, ma fragile intuition, ma sensible émotion. Garder espoir.

J'enfile le peignoir qu'ils m'ont prêté et gagne la pièce d'à côté.

Un des hommes en uniforme gris m'invite à passer chez le coiffeur installé dans une petite salle mitoyenne à celle des douches. J'ai tout prévu. Je ne dois pas prendre le risque d'être identifié. Je le fixe du regard des fous, celui qui annonce une crise de démence, une crise de violence. Ce regard, je l'ai souvent vu à l'hôpital. J'ai appris à m'en méfier. L'homme en uniforme capte immédiatement le danger, il connaît lui aussi ce regard, n'insiste pas, il a peur. Je lui demande des ciseaux. Il m'en donne une paire aux bouts arrondis. J'avance devant le miroir. Je suis fasciné par mon visage constellé de rougeurs, de boutons, de croûtes. Je taille ma barbe pour la rendre rase. L'homme en uniforme me tend un tube de pommade. Il me dit que c'est pour la peau du visage, pour la soigner. Il me conseille d'en mettre un peu tous les jours pendant une semaine pour retrouver figure humaine et m'incite à en passer, là, tout de suite. Il me fixe. Je n'aime pas son regard. J'aimerais qu'il s'en aille. Je le remercie d'un mouvement de tête et prends le tube. Il ne bouge pas. La pommade c'est son truc à lui, je le sens, le petit plus auquel il tient absolument. Je comprends qu'il ne partira pas tant que je n'aurai pas passé sa putain de pommade sur ma peau. Alors je dévisse le bouchon, presse le tube sur mes doigts et me badigeonne. Il sourit, satisfait. Il s'éloigne.

Seconde étape. Les vêtements. Un autre uniforme gris dépose sur un comptoir un pantalon, une chemise, une paire de chaussures et au-dessus du tas, des chaussettes marron et un slip bleu foncé qui me semble bien trop grand pour mes fesses amaigries. Il y ajoute un blouson beige, en toile. Au-dessus de sa tête, affiché sur l'écran suspendu au mur, juste derrière lui, mon portrait d'évadé dangereux. L'homme ne cesse de passer et de repasser devant. Débarrassé de ma crasse je ne suis plus invisible. Il ne faut pas que son regard glisse de mon visage à l'écran et de l'écran à mon visage. Il faut que je capte son attention. Je crie, soudain, qu'on m'a volé mes sandales, que je les veux immédiatement. Je fais mine de m'exciter, de trembler, crie encore plus fort. Mes sandales fabriquées de mes mains, mon œuvre ! Je frappe du poing sur le comptoir, en rage. Il ne sait trop comment réagir devant ma fureur. De la colère je passe au désespoir. Je m'affale sur une chaise, l'air anéanti. Je suis en pleurs, me lamente répétant sans cesse, « Mes sandales ! Mes sandales ! » Mon chagrin devient sincère, je perds pied emporté par mon véritable désespoir, je sanglote. Il pose sa main sur mon épaule, me dit qu'il va aller les chercher, me promet de me les rapporter. Je hoche la tête en signe d'acquiescement. Il quitte la pièce. Aussitôt je bondis sur mes pieds, ôte le peignoir. Nu devant le comptoir, je prends le slip, l'enfile. Trop grand ! J'avais raison, il ne tient pas aux hanches, s'affaisse sur mes cuisses. Je l'enlève, attrape le pantalon, le passe. Un peu court mais de la bonne taille. La chemise, grise, légère, douce sur ma peau. J'enfile les chaussettes, les chaussures. Je prends le blouson beige, empoigne le petit sac cadeau qui contient la pommade, un savon, quelques rasoirs jetables et deux paquets de mouchoirs en papier.

Fuir, fuir, fuir…

Je sors dans la cour, la traverse à grandes enjambées. Surtout ne pas courir.

À gauche, à droite, puis encore à gauche. Je suis hors de portée.

Dans mon antre.

J'ai enlevé les merdes, les détritus, tessons de bouteille. J'ai couvert le sol en terre battue d'un bout de bâche plastique récupérée sur un chantier. J'ai dégoté une planche assez large pour fermer l'entrée. J'ai installé dans un coin un petit meuble en bois de guingois que j'ai calé avec une pierre glissée dessous. J'ai déposé dessus un miroir cassé, une cuvette, le tube de pommade, les rasoirs et le savon à l'odeur de fleurs. C'est le coin salle de bains. De l'autre côté, j'ai installé une chaise que j'ai rafistolée. J'utilise le dossier comme cintre pour ma chemise et le blouson. Je suis satisfait de mon organisation. Je me sens bien dans mon antre, je me sens protégé. J'ai un « chez moi », moi qui ne suis personne.

Revenir sur mon passé, trouver la vérité.

Mon ancien collègue, Yann Cinno. Son adresse figure dans le dossier. Je m'y rends.

J'arrive devant son immeuble, m'assois sur un banc, caché derrière un buisson d'ornement juste en face de la porte d'entrée. J'observe. Je sais que les flics ont étudié, répertorié, repéré tous les lieux où je suis susceptible de me rendre. Je sais qu'ils sont à l'affût. Mais je ne vois aucune caméra de surveillance, personne qui guette. Mauvais signe.

La porte de l'immeuble est fermée, j'attends.

Un pigeon s'approche de moi, me regarde étrangement. Reconnaît-il l'homme dont le portrait s'étale un peu partout ? Il tourne autour de moi d'un pas rapide et saccadé. D'un coup d'aile il se pose sur le dossier du banc, encore plus près de moi. Il me fixe. Et s'ils avaient dressé des oiseaux, des chats, des chiens pour parfaire leur surveillance ? S'ils leur avaient appris à reconnaître des visages ? Ou bien, peut-être ont-ils greffé des caméras dans leur regard ? Allez pigeon dis-moi la vérité, es-tu un des leurs ? Peut-être que les flics sont déjà en route. Peut-être que dans un instant ils bondiront hors de leur véhicule, se rueront sur moi. Je me mets soudain à trembler.

Se raisonner, se calmer, respirer lentement.

Je n'ai connu que ça depuis le procès, depuis mon internement : la surveillance 24 heures sur 24. Toujours sous le regard des gardiens ou celui des caméras. Il y en avait partout, dans les couloirs de l'hôpital, dans ma cellule et même dans les chiottes. Cinq ans, sans une seule seconde de solitude, une seule seconde de moi à moi. En avaient-ils installé une dans ma tête pour surveiller mes pensées ? Je l'ai cru. À me rendre fou, moi le fou. Je m'entraînais à ne plus penser. Une véritable torture.

La porte de l'immeuble s'ouvre. Une femme d'une cinquantaine d'années apparaît. Elle nettoie l'entrée à coups de balai. Elle est un peu grosse, un visage fatigué, usé, de longs cheveux noirs plaqués sur la tête. Elle laisse la porte ouverte, disparaît au fond du couloir. Je me lève. J'entre dans le hall, parcours les étiquettes collées sur les boîtes aux lettres. Pas de Yann Cinno. Une voix me fait sursauter. Je me retourne. La femme est là, un seau à la main, plantée devant moi. Elle me demande si je cherche quelqu'un. Je peux lire dans son regard inquisiteur toutes les questions qu'elle se pose en découvrant mon visage. Je sens mes lèvres trembler. Je balbutie :

- Monsieur Cinno, Yann Cinno.

Son regard se radoucit. Je comprends que ce nom lui est familier, qu'elle l'estime, le rassure. Je ne peux pas être un mauvais bougre puisque je connais monsieur Cinno ! Mon Dieu, si elle savait ! Elle me dit qu'il n'habite plus là depuis qu'il a divorcé, il y a trois ans. Sa femme aussi est partie. Je saisis au son de sa voix qu'elle ne l'aime pas, qu'elle la tient pour responsable de tout ce gâchis. Je sens aussi à ses mimiques qu'il est arrivé bien des malheurs à Cinno, je le lis dans son mouvement de tête, le rictus de sa bouche, ses épaules qui se soulèvent et retombent en même temps que son soupir. Je n'ose lui demander si elle connaît sa nouvelle adresse, je ne veux pas que ma question provoque ses propres questions, mais je sens qu'elle l'attend. Elle en meurt d'impatience. Peut-être que je me trompe, qu'elle se contentera de me répondre. Je me risque.

- Vous savez où il habite ?

Elle me regarde de la tête aux pieds, l'air méfiant.

- Vous êtes de la famille ?

Je suis tombé dans le piège. Répondre vite, sans hésitation, pour ne pas paraître suspect.

- Un ancien collègue.

Je le dis en m'efforçant d'afficher un petit sourire de complicité. Je sens qu'elle éprouve de la compassion. Que pense-t-elle ? Qu'avec mon allure de pestiféré, j'ai sombré, comme Cinno, dans le malheur ? Oui, elle a pitié de moi.

Elle me donne le nom de la rue, dans le quartier de la gare, le numéro de son immeuble. Elle m'explique comment m'y rendre, le petit bar juste à côté comme point de repère. Je la remercie. Ne pas laisser de respiration, de temps mort propice à relancer la conversation. Je fais volte-face pour partir, fais quelques pas.

- Monsieur !

Je me retourne. M'attends au pire. Elle me regarde étrangement. Cette sueur qui couvre de nouveau ma peau, ce tremblement de mes doigts.

- Dites-lui qu'Anita pense souvent à lui !

J'acquiesce. Tant d'amertume dans ces mots, tant d'amour déçu.

J'aperçois le petit bar qui fait l'angle de rue. J'entre dans l'immeuble. Anita ne m'a pas menti, il est arrivé bien des malheurs à mon ancien collègue pour habiter un tel taudis. La montée d'escalier pue la pisse, des lambeaux de peinture pendent des murs, l'ampoule du couloir est fixée au bout de fils électriques directement raccordés au compteur éventré. J'éprouve un soulagement. Cinno descendu aux enfers n'est plus le bon flic, homme sans faille, honnête père de famille décrit dans le dossier. Je le sens du coup plus proche de moi. Je grimpe les escaliers jusqu'au premier étage. Les portes d'entrée des appartements sont défoncées, les intérieurs dévastés. J'aperçois une mare d'eau dans une pièce au fond d'un couloir. J'attaque l'étage supérieur. Avant d'entrer dans l'immeuble j'ai longuement scruté les environs. En toute logique les flics auraient dû planquer quelques caméras ou même des hommes à eux pour me piéger. Rien. Sans doute que Cinno ne fait plus partie de leur monde. Oublié, disparu au fond de sa déchéance, protégé par Anita qui ne divulgue son adresse qu'à ceux qui lui inspirent confiance, comme moi, le tueur de femmes. En tout cas, je suis rassuré, Cinno est devenu lui aussi invisible.

Deuxième étage.

Un paillasson avec un « Bienvenue » usé jusqu'à la corde s'étale devant la première porte. Je lève les yeux vers les étages supérieurs. L'escalier est condamné par un mur de moellons. J'ai le choix entre deux portes. Il n'y pas de nom, pas de sonnette. Je laisse tomber le « Bienvenue », peu approprié, pour choisir l'autre entrée. Je vais frapper mais stoppe mon geste. Pourquoi je suis venu ? Je ne me fais guère d'illusion sur la réaction de Cinno. Il ne peut que me livrer aux flics. Je suis à ses yeux et aux yeux de tous, le « Couseur », le fou assassin. Mais il y a son témoignage, ces quelques mots dans le dossier sur l'affection qu'il semblait éprouver pour moi. Peut-être me laissera-t-il le temps de lui expliquer ce cri qui gronde au fond de mes entrailles. Je joue quitte ou double, je le sais, mais je n'ai pas le choix. Combien de temps il leur faudra pour me capturer, me renvoyer dans ma cellule ou m'exécuter ? Demain il sera peut-être trop tard. J'aperçois sur la dernière marche, au pied du mur de moellons, un bout de tuyau de plomb. Je le prends, le glisse sous mon blouson, dans mon dos, dans la ceinture de mon pantalon et je frappe à la porte.

Pas de réponse. Je tambourine plus fort, et encore plus fort. Le bruit d'une chaise renversée, le bruit d'un pas mal assuré, d'un pas sans esprit. La porte s'ouvre. Un homme grand, massif, un visage lourd, boursouflé, mal rasé, encadré de cheveux longs sales et grisonnants me regarde d'un air absent, le regard vide. Il porte un peignoir marron élimé, par endroit je vois la trame du tissu. Sans un mot, il se retourne, s'éloigne, va s'affaler sur un canapé hors d'âge. J'entre. Les persiennes sont fermées, la pièce baigne dans la pénombre. L'ameublement est réduit au strict minimum, une table, deux chaises et un vieux rocking-chair, cassé par endroit, qui trône au milieu. Au pied du canapé, plusieurs bouteilles vides d'alcool, whisky, rhum, bières… L'homme s'est endormi comme une masse. Il ronfle bruyamment.

Je fais le tour de l'appartement. La cuisine est plus sale que mon antre. Un monceau de détritus, barquettes de bouffe, papiers gras, restes divers, cache le carrelage.

Une couche de crasse couvre la cuisinière, une casserole graisseuse est posée dessus.

Je pousse la porte de la pièce d'à côté et découvre la chambre à coucher. Il y a un matelas par terre, maculé de traînées sombres et de taches. Un drap, autrefois blanc, le recouvre. Encore des bouteilles d'alcool vides, renversées, qui ont roulé un peu partout dans la pièce. Quelques vêtements sont entassés pêle-mêle dans un coin.

Je regagne la pièce principale, m'assois dans le rocking-chair. Me balance lentement. Cet homme est-il mon ancien collègue ? Aucune photo dans le dossier pour me livrer son visage. Il a déclaré il y a cinq ans être proche de la retraite, il doit avoir la soixantaine maintenant. En lisant son témoignage j'ai essayé de l'imaginer. Un homme solide, avec une morale à toute épreuve et pas le genre à douter. Une sorte de capitaine qui reste droit, arc-bouté à la proue de son navire au milieu de la tempête. Si c'est bien lui, comment a-t-il pu devenir une telle loque ?

Je ne l'avais pas remarqué mais lorsque mon regard est tombé dessus, j'ai senti une décharge électrique me parcourir.

Je me lève d'un bond, m'approche, tombe à genoux devant. Je suis le tracé avec mon index. Oui, il n'y a aucun doute, c'est bien le même. Là, peint sur le mur, d'une couleur rouge, je reconnais le dessin reproduit dans le dossier. Le même tracé que faisait le fil de cuir qui fermait le sexe de chacune de mes victimes. Cette sorte de 3 ou la lettre grecque Sigma inversée en 4 lignes droites brisées, la signature du Couseur. Pourquoi là, sur ce mur, des années après ?

Je me rue sur l'homme endormi, le secoue pour le réveiller. Je ne me contrôle plus, pris d'une sorte d'excitation proche de l'hystérie. Je crie :

- Pourquoi ce putain de dessin sur le mur, pourquoi ?

Il grommelle de vagues sons incompréhensibles, se met à baver, me souffle à la figure son haleine alcoolisée. Il me faut une réponse, une réponse tout de suite. Je le saisis par le col de son peignoir, lui cogne la tête contre le dossier du canapé. Une fois, deux fois, trois fois. Je colle mon visage au sien.

- Pourquoi ce putain de dessin ?

Il me repousse avec une force incroyable. Je suis propulsé en arrière, tombe sur le dos. Il se dresse sur ses pieds, me paraît immense. Je comprends à la furie qui se dégage de son regard qu'il agit en animal agressé dans sa tanière. Il me balance un coup de pied dans le ventre, saisit une chaise, la dresse au-dessus de sa tête. J'ai juste le temps de rouler sur le côté, la chaise se fracasse sur le sol. Je parviens à me relever, attrape le bout de tuyau coincé dans la ceinture de mon pantalon, lui assène de toutes mes forces un coup sur la tempe. Il titube un instant, porte sa main sur le côté de sa figure. Il saigne. Je me tiens prêt à frapper de nouveau. Je n'en ai pas le temps. Son poing, énorme, vient s'écraser sur ma face. Ensuite, le trou noir.

Combien de temps je suis resté KO ? Je n'en sais rien. Lorsque j'ai repris mes esprits, j'étais seul, assis, les chevilles liées aux pieds de la chaise, les mains attachées au dossier.

J'ai du mal à ouvrir l'œil gauche, je sens qu'il est tuméfié. Un violent mal de tête brouille mes pensées, je ne parviens pas à me concentrer. J'essaie de me détacher mais à chaque mouvement les liens s'incrustent un peu plus dans ma chair. Je n'ai pas d'autre solution que d'attendre. L'homme est probablement parti prévenir les flics, j'ai échoué. Tant de souffrance pour rien. Tant d'espoir pour rien. Bientôt la blancheur de ma chambre cellule, bientôt le vide, la violence, la monotonie de la vie des fous à vous rendre fou. Mon regard s'arrête de nouveau sur le 3, en lignes brisées, peint sur le mur. Combien de fois j'ai vu ce signe dans mes cauchemars ? Il me hante. Ni ma sœur, ni ma mère ne se souvenaient d'un fait, d'une anecdote qui aurait pu l'expliquer. Il ne correspond à aucun événement de mon passé, de ma vie. Pourquoi ce 3 ? Sans doute le fruit de mon imagination, de ma folie. Pourquoi est-il peint, là, sur ce mur ? Je me maudis de m'être fait piéger alors que j'ai sous les yeux un premier fil à tirer peut-être pour une autre vérité.

Je suis resté une bonne heure, attaché, à me perdre dans mes pensées. Puis j'ai entendu des pas lourds monter les escaliers, j'ai entendu la porte s'ouvrir derrière moi. J'ai fermé les yeux, baissé la tête, prêt, résigné à recevoir le coup de grâce.

L'homme pose un pack de bières sur la table. Il en prend une qu'il décapsule avec les dents. Il s'assoit sur le rocking-chair, en face de moi. Il boit trois ou quatre gorgées, m'observe. Il me dit d'une voix grave, rugueuse :

- Le Couseur ! Qu'est-ce que tu viens encore m'emmerder ?

C'est bien lui. Yann Cinno. Je le regarde boire une nouvelle gorgée. Je me lance, lui demande pourquoi il n'a pas prévenu les flics. Il réfléchit un instant, semble ne pas trouver la réponse.

- Va savoir !

Il reprend ses balancements. Je tourne le regard vers le 3 dessiné sur le mur. Cinno comprend. Il boit une nouvelle gorgée, garde le silence, méditatif. Il ne sait pas, ne peut pas comprendre qu'à cet instant tout mon corps hurle les tortures subies dans ma peau de fou dangereux tueur de femmes. Il ne peut pas comprendre que ce dessin, là sur le mur, réveille en moi l'espoir d'un autre regard sur moi-même, d'une autre vérité. L'espoir de redevenir un avec l'être du passé qui n'est peut-être pas celui qu'ils affirment être. L'espoir d'une résurrection.

Cinno pose sa bouteille, déjà vide, il éructe bruyamment.

- T'as retrouvé la mémoire, Dibansky ?

Je lui parle du dossier, ma bible. Il hoche la tête. Je lui parle du cri provenant de mes entrailles. Il capte ma fébrilité, mon excitation. Il lit dans mon regard mon impatience. Il finit par cracher.

- Qu'est-ce que t'imagines dans ta petite tête de détraqué ?

Il se balance plus fort sur le rocking-chair. Je vois son visage s'approcher de moi, s'éloigner, s'approcher de nouveau, s'éloigner encore. Il reprend.

- T'as bouffé ma vie avec tes conneries, Dibansky. Si j'écoute ma haine, je t'explose à coups de pied.

Il se lève, jette violemment sa bouteille qui se fracasse contre le 3 dessiné sur le mur. Il hurle :

- Va te faire foutre !

Il me détache.

- Casse-toi !

Il me bouscule en direction de la porte. Je ne résiste pas. Inutile d'insister dans son état de colère. Je sors. Il me crie.

- Ne reviens jamais Dibansky, jamais !

Je me retourne et lui lance :

- Anita pense beaucoup à toi.

Il reste un instant perplexe, puis claque la porte avec violence.

Dehors il fait plus frais. Un beau crépuscule d'un jour d'été. Je me sens dans un drôle d'état. Plein d'énergie. Je suis toujours le tueur de femmes traqué. Je suis toujours le fou, le monstre, mais j'entrevois une lueur, quelque chose de l'espoir. Pourquoi Cinno ne m'a-t-il pas balancé aux flics ?

Avant de rejoindre mon antre, je fais un détour pour m'arrêter un instant devant l'immeuble de ma sœur, Aude. Combien de fois j'ai imaginé, rêvé la scène en lisant son adresse dans le dossier. J'espérais que le lieu raviverait mes souvenirs, mais non, rien. Une caméra perchée sur un lampadaire couvre l'entrée, une autre balaie les environs. Les flics surveillent. Je reste à bonne distance.

Une fenêtre est éclairée au troisième étage. Son étage. Peut-être son appartement ?

Ma sœur ne m'a jamais rendu visite à l'hôpital psychiatrique mais elle m'a envoyé des photos de ma mère, d'elle, de son fils, de moi enfant. Je me suis demandé pourquoi elle l'avait fait. Peut-être par pitié ou par devoir. Oui, c'était sans doute ça. Elle avait fait l'effort d'un dernier geste envers le frère, pour pouvoir ensuite oublier à tout jamais l'assassin.

Je distingue une silhouette en ombre chinoise, derrière un rideau. Une silhouette d'enfant. L'émotion me gagne.

Dans le dossier, il est inscrit que le fils de ma sœur s'appelle Sacha. J'aime ce nom. Il est joyeux, sonne bien. Ma sœur avait épousé un médecin comme l'était mon père. Il avait disparu après quatre ans de mariage laissant pour tout souvenir un bambin de trois ans. Dans son témoignage ma sœur raconte que j'emmenais souvent son fils au square pour jouer au foot, le pousser sur des balançoires ou des tourniquets. Une grande joie nous unissait, moi et Sacha, et aussi de l'amour. J'étais devenu quelqu'un qui comptait dans sa vie, une sorte de second père. J'en étais bouleversé. Mais j'étais aussi, déjà, le tueur de femmes. J'en avais tué deux. D'après les experts psychiatres la machine était enclenchée, rien ne pouvait l'arrêter, même pas un ancrage affectif puissant comme Sacha. Et surtout, d'après eux, je vivais dans deux mondes différents à l'étanchéité parfaite, celui de Bastien Dibansky et celui du « Couseur ». Toujours leur fameux clivage du moi. Ils ne prenaient pas vraiment de risque tous ces experts, derrière leur théorie il y avait les preuves matérielles de ma culpabilité. Quant à l'autre ancrage affectif, Francesca Rossi, ma compagne du moment, il prouvait plutôt une instabilité chronique. J'accumulais les maîtresses, incapable de vivre une relation sentimentale de plus de quelques mois.

Une seconde fenêtre s'allume. Je les imagine. Ma sœur qui prépare le repas, Sacha qui joue dans sa chambre. Un moment de calme et de quiétude. Il est dit dans le dossier que je partageais parfois ce genre de soirée avec eux. J'étais même heureux de les vivre. Je le sens en moi, là, à cet instant. Le plaisir coule dans mes veines. Mon corps exprimerait-il son premier vrai souvenir ? Depuis ma sortie du coma je n'ai connu que l'hôpital, un lieu étranger à ma vie, où rien de familier ne pouvait stimuler ma mémoire. Mais en revenant sur les lieux de mon passé, en touchant des objets porteurs d'émotions, de bonheur, de malheur, de joie, de tristesse, en écoutant certaines musiques ou en sentant certaines odeurs, alors peut-être !

Perdu dans mes pensées, je ne l'ai pas remarquée. La caméra ! Celle qui balaie les alentours, ne bouge plus. Elle me fixe.

Dans mon antre.

J'allume la bougie. Maintenant les flics savent à quoi je ressemble. Bientôt dans toute la ville mon nouveau portrait, mon signalement actualisé. Blouson beige, chemise grise et une trace bleue sous la pommette, souvenir du poing de Cinno. Je vais devoir de nouveau changer d'apparence, choisir une autre peau. Faut-il que je me balafre le visage, me coupe un bras, me crève un œil pour devenir un autre ? L'heure de ma capture approche. Il faut que j'aille plus vite.

Couché sur la toile plastique, j'ouvre de nouveau le dossier. Mais pas comme avant, pas de la même manière. Une autre interprétation est peut-être possible.

Page 210 : la preuve irréfutable. Un fil de cuir est retrouvé à mon domicile, après mon arrestation, après ma mort. Un fil de cuir d'un millimètre de diamètre, le même que celui utilisé par l'assassin. Il était parmi divers objets, rubans adhésifs, fils électriques, boîtes de clous, de vis, dans une sorte de caisse fourre-tout. Les deux flics qui enquêtaient en secret voyaient dans cette négligence la preuve que j'étais trop sûr de mon fait, que je me sentais invulnérable. Il est vrai qu'en tant que flic enquêtant sur l'affaire je ne risquais pas grand-chose. Je pouvais intervenir à tout moment pour me protéger. Par exemple le moule d'une empreinte de chaussure, empreinte trouvée à quelques mètres du corps de la troisième victime, avait disparu avant de parvenir au labo. Il est précisé dans le dossier que ce genre d'incidents arrive plus fréquemment qu'on ne le pense sur de longues enquêtes. Des indices perdus, des témoins oubliés, de mauvaises manipulations, autant d'aléas qui peuvent gâcher une affaire. Mais là, difficile de croire à une simple négligence. En tant que flic assassin il m'était facile de détruire des indices compromettants.

Autre fait troublant, je n'avais pas d'alibi pour les cinq meurtres. Ça ne prouvait pas ma culpabilité mais renforçait la suspicion. Tous les crimes avaient eu lieu entre une heure et deux heures du matin. Je vivais seul au moment des faits. D'après le témoignage de mon amie Francesca je ne voulais pas vivre avec elle pour garder mon indépendance et ma liberté. La liberté de tuer ? Elle précise que je sortais souvent après minuit pour traîner dans les quartiers branchés. J'aimais y faire des rencontres improbables, parler avec les âmes égarées, tous ceux qui comme moi, trompaient leur insomnie et cherchaient à fuir leur douleur intérieure. Ma sœur a confirmé que j'avais toujours été attiré par ceux et celles qui souffrent dans leur être, les paumés, les bizarres, les fous, les rejetés. Devenu amnésique après mon arrestation, j'étais incapable de citer un lieu où l'on aurait pu me voir à l'heure des meurtres, incapable de donner un nom, un prénom, de décrire une personne rencontrée qui aurait pu témoigner. Les flics ont cherché malgré tout un éventuel témoin, sans résultat.

Dernier élément : le tueur procédait à la perfection pour ne pas être identifié. Aucune empreinte sur les scènes de crime. Pas de bout de peau, pas de sang, retrouvés sous les ongles des victimes méticuleusement nettoyés. Le Couseur connaissait tous les pièges des méthodes policières. Comme un flic, comme moi, comme Cinno.

Mon enfance traumatisée, interprétée par les psychiatres comme étant celle d'un psychopathe en puissance, complétait le tableau. Il n'y avait pas de place pour le doute. J'étais le Couseur.

Je me lève. Tourne dans mon antre. Leur vérité je l'ai toujours admise. Je n'avais pas les moyens de contester l'évidence n'ayant aucun souvenir. Seul le cri en moi, auquel je me suis accroché, appelait à un autre possible mais si aléatoire, si improbable, si sujet à la fausse interprétation. Rien de consistant, juste une intuition. Mais aujourd'hui il y a ce 3, lettre Sigma inversée en 4 lignes brisées, dessiné par Cinno. Pourquoi ce 3 ? Si je fais l'hypothèse de mon innocence c'est un abîme de possibilités qui s'ouvre devant moi. J'en ai le vertige. Je ne tiens plus en place, j'ai envie de dégueuler toute ma douleur. Cinq ans en enfer peut-être pour rien, cinq ans à me croire assassin, cinq ans à me haïr.

Se calmer, réfléchir, se concentrer. Je suis si loin du but.

Témoignage de Cinno dans le dossier. Il relate l'ambiance de l'enquête. L'affaire traîne depuis plus d'un an, trois femmes ont été tuées et tout le monde attend la prochaine victime. Les médias crient au scandale, dénoncent l'incompétence des flics. La pression est terrible. Avec Cinno on s'en prend plein la gueule. On nous donne du renfort mais on ne trouve toujours rien. La hiérarchie s'impatiente, commence à douter, flaire un problème. En haut lieu on confie à deux agents d'une autre police, Zéroual et Valier, le soin d'enquêter en parallèle. Deux meurtres plus tard, leur enquête les conduit jusqu'à moi.

Je relis les circonstances de mon arrestation, page 290 du dossier.

Zéroual et Valier me tendent un piège pour m'arrêter à mon domicile. Me sentant perdu, je sors mon arme de service, tire, Zéroual réplique, je m'écroule touché en pleine tête. J'aurais dû mourir, j'ai été sauvé. J'en ressors amnésique.

L'amnésie ! Tout m'accuse et je n'ai plus aucun moyen de contester, aucun moyen de me défendre. Je ne peux qu'admettre à la lueur des faits que je suis l'assassin. Ils l'ont tous admis, même ceux qui m'aimaient, ma mère, ma sœur. Comment auraient-elles pu contester l'évidence ? J'en étais moi-même incapable. L'amnésie ! Quelle chance pour le tueur si je suis innocent !

Je tourne de plus en plus vite dans ma cage. Tant de questions se bousculent dans mon esprit. Je me parle à haute voix, m'assois, me relève. Est-ce que j'ai douté de Cinno, est-ce que je l'ai soupçonné pendant l'enquête ? Mon bon collègue, père de famille, devenu ivrogne, pourrait-il être un tueur de femmes ? Alors pourquoi n'a-t-il pas récidivé pendant ces cinq longues années où je pourrissais dans ma chambre cellule ?

Je ne sais plus quoi penser. Je n'ose espérer. Je referme le dossier.

Pourquoi ce 3 peint sur le mur dans l'appartement de Cinno? Je ne cesse de me répéter la question. Elle m'obsède, tourne dans ma tête, embrouille mon cerveau. Je ne parviens plus à réfléchir. Pourquoi ce 3 ? Il me semble soudain distinguer quelque chose qui émerge de mon esprit troublé. Une vague vision brouillée, mal définie. Je me concentre, essaie de la fixer. C'est un visage. Oui, je le discerne mieux à présent. Le visage d'une femme avec de longs cheveux noirs. Dans son regard, la terreur.

J'ai attendu avec impatience le jour, j'ai attendu que le monde s'éveille, que les rues reprennent vie.

Je marche, frôle les murs, me noie dans la foule des piétons. Rejoindre au plus vite Cinno. Il faut cette fois que je le questionne, il me faut une réponse, qu'importe le danger, qu'importe qu'il me tue, me massacre ou je ne sais quoi encore. Je veux la vérité. Sur tous les écrans de la ville s'étale mon nouveau visage. Barbe rase et trace bleue sur la joue. Je me dissimule comme je peux au regard des caméras que je repère d'un coup d'œil exercé. Je presse le pas. Je ne suis plus très loin de son domicile, cinq cents mètres, à peine. Je tourne à gauche pour éviter l'entrée de la gare et les patrouilles de flics. Je remonte une petite rue perpendiculaire à celle où habite Cinno. J'aperçois le bar qui fait l'angle. J'y suis presque.

Une voiture noire déboule à toute allure du carrefour et tourne dans ma direction. Une autre arrive en sens inverse pour me prendre en tenaille.

Deux flics en civil bondissent de leur véhicule. Puis deux autres encore.

Je cours, prends la première rue à droite, puis une ruelle à gauche. Ils me poursuivent, gagnent du terrain. J'aboutis dans une impasse barrée par un mur. Je sens la panique m'envahir. Ma respiration s'emballe. Je tourne sur moi-même à la recherche d'une issue. Je m'engouffre dans un immeuble. Premier étage, deuxième, troisième… J'atteins le dernier. Je regarde en contrebas. J'aperçois leurs mains agripper la rampe d'escalier. Je suis pris au piège. Je revois en un éclair le décor de l'hôpital, ma chambre cellule, les wagons déglingués. Je revois cette arme braquée sur moi dans le tunnel lors de mon évasion. Ne pas abandonner, me battre jusqu'au bout. Je lève les yeux. Il me reste encore une issue. La lucarne qui donne sur le toit. Trop haute, beaucoup trop haute pour moi. L'échelle pour y accéder est fixée sur le mur à environ un mètre cinquante, cadenassée. J'attrape les montants, tire dessus de tout mon poids, les secoue pour la décrocher. Rien à faire.

Je les entends, ils arrivent.

Je grimpe sur l'échelle jusqu'au dernier barreau. Une main en appui contre le plafond pour préserver mon équilibre, je m'étire sur la pointe des pieds. Du bout des doigts je soulève le battant de la lucarne et le repousse avec force pour l'ouvrir totalement. Je me recroqueville, les fesses sur les talons, en équilibre instable sur le dernier barreau de l'échelle comme un oiseau perché. Je lâche prise, bascule en avant dans le vide, pousse sur mes jambes pour prendre mon envol. Je bondis vers le haut, mes doigts agrippent le rebord de la lucarne. Je me hisse de toute ma rage, passe un coude, puis l'autre. J'y suis presque. Un nouvel effort et j'engage tout mon buste dans l'ouverture pour accéder au toit.

Je cours sur les tuiles. Je ne sais où aller, pars dans un sens, puis dans l'autre, volatile affolé. Je me retrouve face au vide, me retourne. Un flic me vise. Je me laisse tomber à l'instant où il tire, atterris sur un autre toit, deux mètres plus bas. Je me relève. Je suis touché à l'épaule, du sang coule le long de mes doigts. Je gagne le toit d'un troisième immeuble, puis celui d'un autre en travaux. Tout le long de sa façade court un échafaudage. Je m'y précipite, vole d'étage en étage. J'atteins le sol, la rue. Encore une course éperdue.

Je déambule sur un boulevard arpenté par de nombreux passants. J'essaie de me calmer, de me fondre dans la foule. Je suis épuisé, j'ai des vertiges, mon bras me fait mal. Je m'efforce de marcher au rythme des autres, de faire corps avec eux. Je me livre à l'humanité entière pour qu'elle me berce, me protège au creux de sa chaleur intime. Prenez-moi avec vous, emportez-moi, je vous en prie, moi la bête traquée ! Je veux simplement être à nouveau des vôtres.

J'ai erré ainsi une bonne vingtaine de minutes pour revenir à mon point de départ. Pas loin de chez Cinno. Mon blouson est trempé de mon sang. Je suis à l'agonie. Encore une vingtaine de mètres. J'entre dans l'immeuble, sa puanteur me réconforte. Je commence à monter quelques marches. J'atteins le palier du premier étage aux portes défoncées. Je n'en peux plus. Je m'écroule. Je sens la vie qui s'échappe de mon corps, mes muscles qui se relâchent. Une tache sombre envahit mon regard. Mon souffle se fait court. Mon esprit divague. Je vois un ange qui porte dans ses bras un homme mort pour l'emporter aux cieux. Où ai-je vu cette image ? Une grande sérénité, un bien-être, une sorte d'amour absolu s'en dégage. Où ai-je vu cette image ? Peut-être un ultime souvenir de mon passé. J'aimais la regarder, oui, je sais que j'aimais ça. Que mon ange m'emporte ! Cette fois c'est la fin. Je le sens. Que Bastien Dibansky meure assassin, s'il doit en être ainsi ! Que tous ceux que j'aime me pardonnent. J'abandonne. Ils sont plus forts que moi.

Je ferme les yeux.

De ma vue brouillée je distingue mal ce qui m'entoure. Il me semble voir la sainte Vierge qui me regarde avec compassion, les bras tendus vers moi. À côté le Christ brille sur sa croix. Un air frais me caresse le visage. Je me sens bien, apaisé, serein. Je perçois une douce musique liturgique. Où suis-je ? Peut-être au Purgatoire. Peut-être que l'Etre Suprême est en train de décider de mon sort. Le paradis pour l'innocent, l'enfer pour l'assassin. Enfin le verdict, enfin je vais connaître la vraie vérité. Pour toute réponse c'est un bruit incongru qui me tire de ma léthargie. Un bruit qui ressemble à un rot sonore. L'esprit plus éveillé, je balaie la pièce du regard. Partout autour de moi des images pieuses et des bibelots religieux. Mais aussi des posters de motos affichés sur les murs et encore des motos, miniature, exposées sur des étagères. Je suis couché dans un lit avec des montants en bois sculptés. De ma main je tâte mon épaule. Un large pansement la recouvre. Je me lève. Je suis nu sous une aube d'un blanc pur, immaculé.

J'ouvre la porte, je sors.

Il mange en écoutant la radio d'où s'échappe la musique religieuse. Je m'approche. Il sent ma présence, se retourne, me regarde de la tête aux pieds.

- T'en as une belle chemise de nuit le Couseur !

Il éclate de rire.

- T'as faim ?

Il dépose sur la table une assiette, me sert et m'invite à m'asseoir. Une lampée de bière et il rote de nouveau bruyamment. D'un geste il me propose une cannette, je refuse d'un signe de tête. Il éteint la radio.

- Tu vas pas me croire Dibansky mais la musique de curé ça me fait du bien.

Il reprend son repas. Je le regarde, hébété.

Cinno n'est plus le même homme. Il a peigné ses cheveux en arrière, les a attachés en queue de cheval, porte une cravate, un costard. Il semble de bien meilleure humeur. Son coup de fourchette trahit même un certain enthousiasme. Le voilà l'ange qui m'a pris dans ses bras pour me conduire ici. Première déduction : Cinno n'est pas le Couseur, lui m'aurait laissé crever sur place pour sauver sa peau. Je brûle de lui poser des tas de questions, mais j'attends. Je lui laisse l'initiative. J'ai l'intuition qu'il ne faut jamais brusquer Cinno, il a son propre rythme en accord avec sa lourde carcasse. Il finit son verre, le repose sur la table, me dit :

- Tu manges pas ?

Je prends ma fourchette et avale une bouchée. Je mâche lentement pour apprécier la saveur. Une sorte de ragoût avec une sauce épicée. J'ai tant avalé de saloperies depuis mon évasion que je ressens comme une jouissance. Cinno m'observe, un sourire au coin des lèvres.

- T'es un coriace, Dibansky

C'est un compliment, je le sens au ton qu'il emploie.

Cinno m'explique dans son style et avec sa voix rugueuse, qu'il m'a découvert inconscient dans les escaliers de son immeuble et m'a porté chez lui. Ma blessure saignait abondamment. Il n'avait rien pour me soigner, pas d'argent pour acheter quoi que ce soit d'utile à la situation et appeler les secours revenait à me livrer aux flics. Il se sentait coincé, sans solution, et j'étais en train de mourir sous ses yeux.

- T'as toujours été un emmerdeur Dibansky !

Il m'en voulait de le mettre dans cette situation, de venir perturber sa tranquillité d'alcoolique. Il s'est mis à marcher de long en large dans son taudis en se creusant la cervelle. Et soudain, miracle !

- Il m'est venu une idée lumineuse.

Anita avait été sa maîtresse, un temps, juste après son divorce, juste avant qu'il ne devienne une loque. Il ne l'avait pas revue depuis de nombreux mois et n'aurait pas pensé à elle si la veille je ne lui avais transmis son message. Cinno se doutait qu'elle ne lui refuserait pas son aide.

- Une vraie sainte !

Il m'a fait un garrot pour ralentir l'hémorragie et a couru chez elle.

Cinno finit sa cannette. Il boit lentement, joue le suspense. Je devine qu'il aime ça. Il jubile intérieurement. Après quelques secondes de silence il reprend son récit.

Anita a débarqué avec tout le matériel nécessaire, elle a désinfecté la plaie, m'a pansé. Ensuite Cinno m'a enroulé dans son drap blanc, si sale, pour me dissimuler aux regards, m'a transporté sur son épaule, m'a déposé dans le coffre de la voiture d'Anita.

Cinno approche son visage tout près du mien. Il parle à voix basse sur le ton de la confidence, me chuchote que le lit dans lequel je me suis réveillé était celui du fils unique d'Anita. Il me dit qu'il est mort à vingt ans après une longue agonie suite à un accident de moto, sa grande passion. Il me dit que pour entretenir son souvenir Anita a conservé sa chambre intacte. Elle ne fait, de temps à autre, qu'ajouter des objets pieux. Le sanctuaire s'est doublé d'une chapelle.

Cinno rit à l'avance de sa bonne blague :

- T'es un peu comme son fils maintenant le Couseur, évite de la charcuter.

Une nouvelle maman pour une nouvelle naissance ! Un frisson d'émotion parcourt ma peau.

Cinno broie la cannette vide de sa main puissante. La repose, toute cabossée, sur la table. Il prend un ton solennel.

- Anita est une femme courageuse, Dibansky !

Ce n'est pas de l'amour que Cinno éprouve pour elle, je le sens. C'est autre chose. Il ajoute :

- Je lui dois beaucoup, c'est elle qui m'a fait découvrir la musique de curé.

Oui, c'est autre chose. Je comprends qu'Anita a été une sorte de balise pour le naufragé Cinno, une balise pour l'aider à maintenir le cap malgré les déferlantes. Mais Cinno a fini par détourner le regard et a coulé corps et âme.

J'avale ma dernière bouchée.

- Pourquoi ce 3 peint sur le mur ?

Cinq ans en arrière.

Mon procès vient de se terminer, Cinno quitte la salle d'audience. Il ne doute pas de ma culpabilité. Les faits sont limpides, les accusations indiscutables et le seul qui aurait pu contester cette vérité, l'accusé, moi, est incapable de se souvenir de son propre nom. Cinno rejoint le parking avec la conviction que le dossier est définitivement bouclé, qu'un salaud, toujours moi, a payé et que le monde en est débarrassé à tout jamais.

- Le Bien qui triomphe du Mal !

Le genre de dénouement pas prise de tête que Cinno avoue adorer. Il ne ressent aucune pitié pour moi, bien au contraire, il espère de toute son âme que je vais pourrir lentement avec les miens, les fous assassins. En tout cas, lui n'a qu'un désir : m'oublier. Il lui suffit pour cela d'enclencher la première, de démarrer, de quitter le parking du palais de justice et de laisser définitivement derrière lui l'affaire du « Couseur ». Mais il s'arrête net en voyant Zéroual, le flic qui m'a tiré une balle dans la tête, s'approcher d'une voiture et y grimper. C'est le type au volant qui intrigue Cinno. Il l'avait croisé une fois au cours de sa longue carrière.

- Une sorte de barbouze, un spécialiste des coups tordus. Un vrai salaud, comme je les aime, sans ambiguïté, taillé d'un seul bloc.

Cinno se demande ce qu'il vient foutre dans l'histoire du Couseur. Intrigué, il les file jusqu'à un bar où l'autre flic, Valier, les attend. Il les observe discuter. Puis le sale type sort une enveloppe, plutôt épaisse, que Zeroual enfouit aussitôt dans la poche de sa veste.

Et la longue descente aux enfers de Cinno a commencé.

- J'en ai bavé Dibansky !

Je lis un bref instant la détresse dans son regard, avant qu'il ne l'efface d'un sourire plein d'ironie. Il me dit qu'il a essayé de se convaincre de laisser tomber, de ne surtout pas se fourrer dans une affaire qui puait. Pourquoi l'aurait-il fait ?

- Tout t'accusait le Couseur. Tu m'avais menti, trahi ma confiance.

Mais il y avait cette enveloppe de fric, ce sale type et l'intuition du vieux flic pour les affaires pourries. Le doute s'est inséré dans le cerveau de Cinno et cognait tous les jours dans sa tête.

Cinno savait que j'avais la sale manie d'enquêter en solo, de constituer des dossiers personnels en plus de celui de l'enquête officielle. Il est allé à mon domicile pour le chercher. Sans résultat. Il a réétudié toutes les notes que l'on avait prises, les a relues en me considérant comme l'assassin, puis comme innocent. Certains éléments jouaient en ma faveur, d'autres m'enfonçaient. Il a interrogé de nouveau les témoins qui ne comprenaient pas pourquoi ils devaient encore parler de cette affaire alors que le procès était terminé, la culpabilité prouvée, le verdict prononcé. Malgré son ardeur, Cinno ne découvrait rien de probant mais ne pouvait plus s'arrêter. Rien de pire pour un flic que d'être obsédé par une affaire, il y revient toujours. Cinno a persisté jusqu'au coup fatal.

- Chez moi, ces enculés sont venus chez moi. Ils m'ont passé les bracelets devant ma femme, devant ma fille.

Il a été réveillé un matin par deux collègues qui l'ont placé en garde à vue. Motif : corruption. Une affaire lourdingue de drogue. Un trafiquant accusait Cinno de l'avoir informé contre de l'argent. Bien sûr il a nié, mais très vite, comme par miracle, des preuves sont tombées. Un vrai traquenard qui lui a valu son renvoi de la police, un procès, un an de prison ferme et la misère à la sortie.

- Toute ma vie est partie en vrille, Dibansky.

Un instant de silence pour contenir son émotion, et il ajoute, pensif :

- Un vrai désastre.

L'alcool, sa femme qui le quitte, sa fille de vingt ans qui ne veut plus jamais le voir, ni lui parler. Entraîné dans la spirale infernale, Cinno a touché le fond et y est resté collé.

- Toi chez les dingues, moi chez les poivrots. Jolie histoire de flics, pas vrai ?

Je l'observe essuyer soigneusement et avec empressement son assiette avec du pain. Quelque chose de l'enfance dans son geste, du bonheur simple. Cinno a le visage bouffi par l'alcool, des poches énormes sous ses yeux bleus, des rides profondes autour de la bouche. Je ne suis pas étonné qu'Anita soit amoureuse. Cinno est le genre d'homme désespéré que certaines femmes aiment apaiser par leur amour jusqu'au sacrifice.

Je reviens au 3 en 4 lignes brisées peint sur le mur, chez lui. A-t-il découvert quelque chose ? Cinno anéantit en quelques secondes mes espoirs.

- Des conneries, oublie !

Il me raconte que la veille de mon arrestation, je lui avais confié avoir une piste sur le 3, la signature du « Couseur ». Je n'avais pas voulu lui en dire plus mais j'avais laissé entendre qu'on était sur une affaire plus délicate qu'on ne le pensait. Ensuite les preuves de ma culpabilité sont tombées, il n'y avait plus de place pour le doute.

- Je me suis dit que tu t'étais encore foutu de ma gueule. Je t'en voulais Dibansky. Que tu sois un salaud d'assassin, après tout je m'en foutais mais que tu me prennes pour un con !

Quand il a repris l'enquête, mes paroles lui sont revenues en mémoire. Ce 3 l'empêchait de dormir, le hantait, l'obsédait. Il s'épuisait à chercher ce que j'avais peut-être découvert avant de perdre mes souvenirs. Mais il n'a rien trouvé. C'est bien plus tard, après son séjour en prison, après avoir tout abandonné qu'il a peint le 3 sur le mur.

- J'étais saoul, je divaguais, point barre !

Ce 3 peint par Cinno qui m'a donné tant d'espoir ne serait donc que le simple fruit d'un delirium tremens ?

- Oui, un de plus.

Non, Cinno ! J'ai une autre version bien plus motivante. Ce 3 venu des brumes de ton cerveau alcoolisé est peut-être ta certitude inconsciente qu'il est la preuve de mon innocence. Oui, j'aime à penser que c'est un putain de truc compliqué de ce genre.

Cinno garde un instant le silence. Il semble perdu dans ses souvenirs. Puis il lève son regard vers moi.

- T'en penses quoi de tout ça le Couseur ?

Je me sens abasourdi. Tant de pensées s'entrechoquent dans ma tête que je ne parviens pas à en isoler une. Je lui réponds que je vais reprendre l'enquête. Cinno hoche la tête. Il ne sait pas quoi faire de ses mains maintenant qu'il ne tient plus sa cannette. Je le sens gêné, hésitant.

- On n'était pas un si mauvais duo de flics que ça, tu sais ?

Je comprends l'allusion, elle m'émeut. Il ajoute :

- Je bois beaucoup plus qu'avant et je suis encore plus con. Tu trouveras pas mieux !

Cinno me lance son sourire en coin, son sourire enjôleur.

- Ça vaut bien une bière, non ?

J'acquiesce. Il se lève, disparaît dans la cuisine, en revient avec deux bières. Il m'en tend une. Je la prends. Il cogne sa bouteille contre la mienne.

- Merci d'être venu m'emmerder, Dibansky, sans toi j'aurais fini un peu trop peinard.

Je suis partagé entre la joie et la tristesse. La joie de ne plus être seul, la tristesse d'embarquer dans mon histoire de fou un homme que j'affectionne déjà, un ami que je conduis probablement à sa perte. Un innocent qui a sans doute scellé un pacte avec le diable. Car je l'ai vue de nouveau cette vision floue comme une réminiscence, ce visage de femme terrorisée. Là, à l'instant, émergeant comme une image subliminale de ma mémoire. Mais cette fois je l'ai reconnue. Elle est la cinquième victime du Couseur.

Cinno est parti. Il a trouvé un travail depuis quelques jours.

- Gardien de chiottes au paradis.

Il s'occupe de l'entretien des toilettes pour hommes dans le restaurant le plus luxueux de la ville. Il aime ce boulot qui lui permet de découvrir ce qu'il appelle l'envers du décor. Il adore voir les mecs friqués, les mecs de pouvoir, ceux qui se pensent au-dessus du monde, en train de pisser. Il y voit un sujet de réflexion philosophique.

- On est tous égaux face à un urinoir. Tu sais quoi Dibansky ? C'est aux chiottes qu'il faut chercher l'humanité, la vraie.

Ce boulot au noir lui permet surtout de gagner suffisamment pour pouvoir se saouler.

- Un vrai job en or !

Seul, j'essaie de faire le bilan de notre discussion.

Un : Les deux flics qui m'ont coincé étaient payés par un spécialiste des coups tordus. Et alors ? Le fait est remarquable, mais rien ne prouve qu'il soit en relation avec mon affaire.

Deux : Cinno a été piégé, envoyé en prison, pourquoi ? Pour s'en débarrasser parce qu'il avait repris l'enquête du Couseur ? Peut-être ! Mais il y a une autre possibilité. Cinno s'est fait beaucoup d'ennemis au cours de sa longue carrière, il a pu tout aussi bien être victime d'une simple vengeance.

Mon nouvel espoir me paraît bien fragile. Il ne repose que sur le récit d'un alcoolique en bout de course. Comment lui faire confiance ? Qu'y a-t-il de vrai dans ce qu'il raconte ? Où commence la réalité, où s'arrête son délire ? D'un côté des suppositions, de l'autre une certitude. Si l'aveu de mon corps, là-bas sous les voûtes du quai quand j'ai essayé de revivre le premier crime, est peut-être un souvenir qui ne m'appartient pas, le visage de cette femme qui a surgi deux fois de ma mémoire, lui est bien trop vivant pour être le fruit d'une quelconque imagination, d'une quelconque autosuggestion. Cette femme, la cinquième victime du Couseur, je l'ai vraiment vue terrorisée.

Je regarde mes mains, comme je le faisais souvent à l'hôpital, en pensant qu'elles étaient celles d'un assassin.

J'en ressentais alors un fort dégoût jusqu'à la nausée qui me plongeait dans un profond désespoir. Je ne pouvais plus les voir et m'efforçais de les dissimuler à mon regard. Je sens à nouveau cette envie de vomir.

L'entrée d'Anita me détourne de mes pensées. Elle est chargée de lourds sacs à provisions. Dans l'un d'eux, deux packs de bières. Anita prend soin de Cinno. J'attends qu'elle m'adresse la parole, me demande des explications, me bombarde de questions, mais elle ne dit rien et commence à ranger ses achats. Que peut-elle ressentir ? Elle sait que je suis « le Couseur », ce monstre honni quelques années auparavant qui refait surface comme un démon jamais mort. Cinno lui a certainement fait part de son doute à propos de ma culpabilité, mais ce n'est qu'une vague hypothèse face aux preuves. De temps en temps Anita écarte de son visage une mèche de ses longs cheveux bruns. De longs cheveux bruns comme ceux de mes victimes. J'essaie de chasser cette pensée effrayante mais je sens la sueur humecter ma peau. J'ai peur de moi-même. Briser ce silence qui m'angoisse, parler pour fuir.

- Merci Anita !

Un paquet de pâtes à la main, elle me fixe de ses yeux noirs. Je remarque les rides de souffrance autour de son regard. Après un instant de silence, elle se retourne pour ranger le paquet.

- Ne me remerciez pas !

Elle referme la porte du placard et me fait de nouveau face.

- Je sais qui vous êtes, Cinno m'a expliqué. J'ai confiance en lui.

Elle reprend son activité sans rien ajouter. Je me lève. La sueur dégouline le long de mon corps, mon cœur bat vite, fort. Je panique à l'idée que le Couseur m'envahisse, prenne les commandes de mon être, comme là-bas, sous les voûtes du quai. Je me lève, lui dis que je vais m'habiller, que je dois sortir. Elle me retient par le bras.

- Non !

Le contact de sa peau me fait frémir.

- Assis-toi ! Il faut pas qu'ils te reconnaissent.

Je me laisse tomber sur la chaise. Je me sens nerveux, j'ai peur de ma folie. Anita disparaît dans la salle de bains, en revient avec un petit miroir qu'elle pose sur la table et une trousse de toilette ornée de deux initiales brodées : « J.C. ». La seconde signifie Cordora, Anita Cordora, la première je ne sais pas. Elle sort de longs ciseaux et s'attaque à ma chevelure. J'essaie de me calmer, je ferme les yeux. Faire le vide dans ma tête, respirer lentement. Anita a des gestes si doux, si attentionnés. Je me concentre sur le mot innocent que je murmure en silence. Anita prend le peigne, me coiffe, se frotte les mains avec du gel qu'elle étale sur mes cheveux. Elle remplit une cuvette d'eau tiède, trempe une petite serviette dedans et me la colle sur le bas du visage. Je sens son odeur lorsqu'elle se penche vers moi. Je revois le visage de la pute tuée sous les voûtes des quais, celui de la seconde victime, de la troisième, de la quatrième, de la cinquième, toutes les photos contenues dans le dossier. Anita pose les ciseaux, si pointus, sur la table, juste devant moi. Premier coup de couteau, second, troisième, toujours le même rituel. Elle me couvre la barbe de savon avec un blaireau et me rase. Cinq femmes, leur sexe cousu, le fil de cuir. Ne pas penser, faire le vide, chasser ces images de mort. Je fixe mon attention sur le « J » brodé de la trousse de toilette.

Je me rappelle les explications de Cinno à propos du fils d'Anita, mort après une longue agonie. Elle devait certainement le raser tous les jours avec les mêmes gestes pleins d'amour. Comment pouvait-il s'appeler ? Certainement un prénom à consonance espagnole, Juan, Javier, José…

Je le sens à l'intérieur de moi, le Couseur reprend vie, il s'agite, m'envahit. Je commence à paniquer.

Me calmer, respirer profondément.

Anita passe délicatement le rasoir sur mon cou, puis le secoue dans la cuvette pour le nettoyer. Je saisis les ciseaux, les serre fort pour que le métal s'incruste dans ma chair. La douleur pour diversion. Anita m'essuie les joues, me passe une lotion après rasage avec ses mains, si douces. Juan, Javier, José… Les ciseaux dans ma main, le « Couseur » dans mon corps. Je lutte pour ne pas devenir lui. Premier coup de couteau dans la poitrine, second coup intercostal, troisième dans le foie… Les longs cheveux noirs d'Anita frôlent mon visage. Je plante de toutes mes forces les ciseaux profondément dans la table. Anita sursaute, me regarde sans comprendre cette violence soudaine. Je la fixe, hébété, certainement un regard de dément. Ma respiration est forte, je suis trempé de sueur, tout mon corps tremble. Après un instant où je lis la peur dans son regard, elle me sourit. Passe sa main dans mes cheveux pour me calmer, me rassurer. Elle me dit :

- C'est rien, ça va aller !

Que peut-elle comprendre ? Tout, oui, j'en suis sûr, Anita comprend tout, tout le malheur du monde. Pourquoi ? Anita, qu'as-tu à cacher ? Elle ajoute :

- Ne bouge pas, je reviens !

Je la regarde disparaître de nouveau dans la salle de bains. Je me sens épuisé, anéanti. Je renverse ma tête en arrière, ferme les yeux. Je l'ai vaincu, oui j'ai été plus fort que lui. Il a dû retourner se réfugier au fond de mon corps, dans les lieux sombres, inaccessibles. Il va attendre, là, une nouvelle occasion. Il faut que je le déniche, que je le force à fuir, que je l'expulse. Retrouver le véritable assassin, mettre un visage, un nom sur le Couseur pour m'en débarrasser à tout jamais.

Anita revient avec une petite boîte qu'elle ouvre. Elle passe sur mon visage du fond de teint pour cacher les quelques boutons, croûtes, devenus plus discrets mais toujours présents ainsi que les traces bleutées autour de mon œil. Je me détends sous ses caresses. J'apprécie l'instant, le contact humain. Cette chaleur qui m'est devenue étrangère. Cinq ans sans aucun geste d'amour, de tendresse.

Anita me montre une pince à épiler.

- Il faut que tu changes de regard.

Elle arrache quelques poils de mes sourcils pour en modifier la ligne.

Je tourne à gauche, traverse la place de la fontaine, longe le canal. J'aime ce quartier qui m'a caché en son sein, m'a nourri.

Anita m'a donné une chemise, un blouson de moto en cuir noir frappé d'un dragon dans le dos, un jean et des bottes. Des vêtements qui appartenaient à son fils. Le pantalon était un peu long, les bords traînaient par terre. Anita a sorti une trousse de couture, en a extrait une bobine de fil noir et une aiguille pour refaire l'ourlet. Je me suis tout de suite senti bien dans cette nouvelle peau, elle devait correspondre à mon ancien moi. Je retrouvais un brin de personnalité.

J'arrive à une trentaine de mètres de mon antre.

J'avais pris l'habitude de glisser entre la planche qui ferme l'entrée et le mur, un petit papier blanc. Un truc que j'avais vu dans un film à la télé de l'hôpital, seule fenêtre que nous ayons sur le monde extérieur. Le papier est toujours là, mais plus au même endroit. Plus haut, bien plus haut. Quelqu'un est entré dans mon « chez-moi ». Je ne marque aucun temps d'arrêt et bifurque sur ma gauche, dans une ruelle en pente. De cet endroit j'ai une vue plongeante sur le réduit jusqu'au petit square d'à côté. J'observe les lieux. Là, dans l'arbre, il y en a une, en face sur le bord du toit de l'immeuble, une autre. Deux caméras dirigées sur mon antre. Les flics m'ont trouvé. Ils sont entrés, ont vu le miroir cassé, les rasoirs jetables, le savon parfumé. Ils ont compris et ils m'attendent. Où sont-ils ? Certainement planqués dans les parages, les yeux rivés sur leurs écrans, prêts à donner le signal de ma capture. Ont-ils découvert le dossier enfoui dans le sol ? Sans lui je suis à la dérive, plus de repères, plus de racines, je ne suis plus rien. Je me sens désemparé. Comment vivre sans ma bible ?

Je ne rentre pas chez Anita. Pas tout de suite. Je veux profiter de ma nouvelle peau, faire le plein de bruit, de lumière, de vie. Je marche parmi la foule, parmi les gens, les éclats de voix, les rires, les frôlements, les sourires. J'inspire de grandes bouffées de toute cette agitation, je m'en imprègne. Je ressens profondément, pour la première fois depuis ma sortie du coma, que je peux aimer la vie. Je laisse mon regard traîner sur les jeunes femmes si peu habillées par cette chaleur. Il est dit dans le dossier que je changeais souvent de compagne. Francesca Rossi, la dernière en date, comment était-elle ? Son visage a été emporté par la balle de 9 mm, je ne l'ai jamais revue depuis. J'enfonce ma main dans une poche de mon blouson. Je sens quelque chose à l'intérieur. C'est un billet de banque. Anita a eu la délicatesse de le glisser discrètement. Une mère pour moi, sans aucun doute.

J'entre dans un bar, m'assois sur un tabouret, au comptoir. Je commande une bière.

Francesca n'est pas venue à mon procès mais elle a témoigné dans le dossier. Elle dit, page 110 je crois, qu'elle n'a jamais suspecté quoi que ce soit à mon égard. Je lui parlais très peu de l'affaire du « Couseur » et elle préférait ne pas s'y intéresser. Obsession, oui, elle dit le mot obsession. Cette affaire m'obsédait.

Je bois une gorgée de bière. Mon regard plonge dans le reflet que me renvoie le miroir du bar. J'ai une fine moustache, deux longues pattes effilées et une petite pointe de barbe sous la lèvre inférieure. Mes cheveux sont coiffés en arrière. Je suis étonné par mon regard. Il semble moins vide qu'à l'hôpital, plus habité. Les traits de mon visage me déconcertent également. Ils expriment un air que je ne me connais pas. Peut-être celui de l'ancien Bastien Dibansky. J'aime à penser que « Je » est un peu moins un autre.

Plus je m'enfonçais dans l'enquête, plus elle me dévorait et plus, d'après Francesca, je changeais de comportement, devenais quelqu'un d'autre. J'étais épuisé, sombre, irritable. Ce qui la troublait le plus étaient mes longs silences où je semblais absent, perdu dans mes pensées, dans un autre monde. Dans son témoignage elle dit avoir eu peur de moi. Un jour où on s'était disputé pour une bêtise, je suis devenu fou furieux, emporté par une rage totalement injustifiée. Je l'ai empoignée par les cheveux, je l'ai poussée contre le mur, j'ai posé ma main sur sa gorge et j'ai serré. Francesca s'est débattue, m'a supplié d'arrêter mais je semblais ne plus l'entendre. Elle ne m'avait jamais vu ainsi, hors de moi, avec un autre visage. Soudain elle a cessé de se débattre. Elle a murmuré mon prénom d'une voix douce, une sorte de mélopée comme une caresse pour me rappeler à une réalité qui n'avait plus prise sur moi. J'ai retrouvé mes esprits, je suis redevenu moi-même. J'ai posé ma tête sur son épaule et je me suis mis à sangloter.

Le lendemain Zéroual me tirait une balle dans le crâne.

Mon regard croise celui d'une femme, à l'autre bout du comptoir. Elle me sourit. Un sourire las, fatigué. Elle doit avoir dans les quarante-cinq ans. Elle m'observe. Je ne sais pas si elle m'aguiche ou si elle cherche dans sa mémoire où elle a vu mon visage.

Ce soir je n'ai pas envie de fuir. Nouvelle gorgée de bière.

Francesca dit aussi dans son témoignage, qu'elle m'aimait, qu'elle a passé de bons moments avec moi, que je savais être tendre, doux, attentionné. Elle aborde aussi nos relations sexuelles avec pudeur. D'après elle rien de particulier, rien de pervers, rien de déviant. Juste un bon amant. Elle dit aussi que je parlais parfois dans mon sommeil. La plupart du temps c'était incompréhensible mais une nuit elle a capté quelques mots balbutiés dans mon agitation. Les mots « frère » et « sang ». Le lendemain je lui ai dit que je ne me souvenais pas de mon rêve, que je ne comprenais pas le sens de ces mots. Je lui suis apparu profondément troublé, elle a pensé que je lui mentais.

La femme du bar s'approche de moi, verre à la main. Elle me dit :

- On s'est pas déjà vu quelque part ?

Je me retiens de rire. Je suis devenu celui qui hante les esprits, figure du mal subliminal, l'inconscient diabolique de l'humanité. On me voit partout mais je ne suis que chimère, se transformant à l'envie, jamais le même mais jamais un autre non plus.

J'élude la question. Ce soir j'ai envie de vivre.

- Je vous offre un verre ?

La phrase est sortie toute seule. Comme un réflexe. Mémoire de mon corps peut-être, mécanisme de l'homme séducteur. Dans le dossier un psychiatre parle de mon irrépressible besoin d'être aimé par les femmes, par toutes les femmes. Une sorte de jalousie héritée des amants de ma mère. D'après lui, j'aurais tué mes victimes pour me les approprier, les soustraire aux autres hommes.

La femme me sourit, montre son verre vide au serveur. Il comprend, acquiesce, lui sert un autre verre. Elle s'approche encore plus près de moi. Je sens son parfum, légèrement acidulé. Je finis ma bière, jette mon billet sur le comptoir. La femme me regarde avec la crainte de me voir partir, de se retrouver seule face à l'angoisse de sa solitude. Je m'approche d'elle. Je l'embrasse délicatement dans le cou, respire son parfum, ses cheveux blonds. Elle pose sa main sur ma joue, une tendre caresse pleine de désir, une caresse pour une promesse d'amour. Mais il y a cet homme, là-bas, au fond de la salle. Il me fixe depuis de longues minutes. En face de lui, sur un écran, mon portrait d'assassin traqué. Une sorte de rappel à l'ordre. Je n'ai pas le droit à l'amour, moi, le monstre.

Je m'en vais.

À gauche, à droite.

Je m'éloigne des rues bruyantes. La rumeur de la vie nocturne s'estompe peu à peu derrière moi. Dans une ruelle étroite, je les entends courir. Je me retourne. Ils sont trois. En tête l'homme du bar. Il me désigne du doigt. Je fuis. Ils hurlent après moi, se rapprochent. Je tourne à gauche. Je m'enfonce dans un dédale de ruelles. Je cours. Je profite d'être hors de vue pour me précipiter dans une petite allée. Je cherche une issue. Là, dans l'arrière-cour d'un restaurant, entre des poubelles qui débordent d'ordures, un tas de cartons. Je m'y cache, enveloppé par l'obscurité. J'attends. Je les entends passer devant l'allée, je les entends s'éloigner. Mon cœur bat dans ma tête. Je m'imagine livré à la foule hystérique, lynché à coups de pied, de poing, piétiné. Je suis le monstre que l'on a le droit de tuer, de déchiqueter pour évacuer le trop plein de haine. Une goutte de sang tombe sur mon front, puis une seconde. Effrayé, je lève les yeux. Un œil hagard, un bec légèrement ouvert orné d'un filet de sang. Une tête de poulet tranchée dépasse d'un des cartons.

Le sang, toujours le sang !

Chez Anita.

Il est tard.

Trois bouteilles de bière sont déjà alignées devant Cinno, revenu de son travail, toujours habillé de son costard.

Cinno finit sa quatrième bouteille. Il lève les yeux vers moi. Je perçois un léger rictus au coin de ses lèvres. Je comprends qu'il se retient de rire.

- T'as un look d'enfer le Couseur. Un vrai rocker avec ta bestiole dans le dos. Un Hells Angel !

Cinno se marre. Un « Ange des Enfers ! » J'apprécie la comparaison, moi le tueur en série. Il me dit :

- Attends, j'ai quelque chose à te montrer.

Il entre discrètement dans la chambre d'Anita en train de dormir, en ressort avec une photo encadrée.

- Je te l'avais dit, elle t'a adopté.

Cinno me montre le portrait. Il s'agit du fils d'Anita. Dessous est inscrit, en lettres brillantes, « Jérôme, mon petit cœur ». Jérôme ! Il a la même coupe de cheveux que moi, des pattes, une fine moustache qui encadre sa bouche et une petite touffe de poils de barbe en pointe sous la lèvre inférieure. Anita a donné à mes sourcils la même ligne que les siens. Je reconnais aussi le blouson de cuir. Anita m'a fait à l'image de son fils. Je suis troublé. Un peu effrayé. Cinno s'en aperçoit. Il ne relève pas.

Je lui annonce que les flics ont trouvé mon antre. Il ouvre une cinquième bière. Réfléchit.

- Ils ont pas mal de longueurs de retard. Faut en profiter.

Je lui parle de ma bible enterrée. De la nécessité de la récupérer. Cinno boit deux gorgées.

- L'urgence c'est l'enquête. T'as un plan ?

Je lui parle de la balle de 9 mm qui a provoqué mon amnésie, de ce hasard troublant si je suis innocent. Je lui parle du neurochirurgien qui m'a opéré, le professeur Zanakian. Cinno acquiesce.

- Faut qu'on discute avec lui !

Sa détermination m'affole. J'hésite à lui avouer que je préfère ne pas le mêler à cette affaire. Je n'ose lui expliquer cette vision de ma dernière victime terrorisée. Cinno devine mon trouble.

- Fais pas chier Dibansky ! Moi aussi j'ai payé dans cette affaire.

Comment refuser, transpercé par son regard si bleu. Cinno rote bruyamment pour fêter l'événement. Puis il se lève. Enfile sa veste.

- Je rentre chez moi, il faut que je me soigne.

Je ne saisis pas l'allusion. Il mime avec sa main, poing fermé et pouce tendu, le fait de boire au goulot d'une bouteille. Je comprends. Cinno veut se finir, tranquillement, chez lui, à coups de whisky, vodka, tout ce qu'il pourra avaler de fortement alcoolisé. Avant de partir il entre dans la chambre d'Anita pour reposer le portrait de son fils. Il s'efforce de ne pas faire de bruit pour ne pas la réveiller. Il a quelque chose de touchant à essayer d'être léger, lui qui a le pas si lourd. Une attention dérisoire, enfantine, sensible.

Cinno parti, je réfléchis. Anita me pose problème. Je me sens incapable de jouer le fils de substitution. Elle ne sait pas que j'ai déjà en moi un inconnu, l'ancien Dibansky, et peut-être un parasite, le Couseur. Je ne me sens pas la force d'accueillir un autre fantôme. Je pense aussi à Sacha. En quelque sorte mon fils. J'aimerais tant le serrer dans mes bras. J'ai si besoin de son sourire. Sacha ! Parmi les photos que ma sœur m'a envoyées, photos que j'ai emportées avec moi lors de mon évasion, insérées dans le livre de ma vie, il y en a plusieurs de lui. C'est un beau garçon avec des cheveux ondulés, une peau claire, les yeux rieurs. Il y a aussi une photo de moi à dix ans. Je l'ai souvent regardée, troublé. Elle me faisait mal. Une photo sans mémoire n'a pas de vie, elle reste figée comme la mort. Je suis un être de mort.

Je m'installe au bureau, dans la chambre du fils d'Anita, sous une statuette de la Sainte Vierge au regard tendre, et avec derrière, collé au mur, le poster d'une femme à moitié nue enfourchant une énorme moto.

Anita m'a remémoré avec beaucoup de patience le maniement de l'ordinateur. Depuis la mort de son fils, elle y passe des nuits entières. Un soir, pour ne plus souffrir seule, en silence, pour fuir son désespoir, elle a eu l'idée de consulter le carnet d'adresses mail de son fils. Il y figurait une cinquantaine de noms du monde entier, des passionnés de motos qui s'étaient rencontrés sur le net. Elle leur a envoyé un message, dans un anglais approximatif, message qu'elle a conservé soigneusement comme tout ce qui concerne son fils. Elle me l'a montré : « Jérôme is dead. Accident of moto. Pain and sadness. »

Ils avaient tous répondu avec beaucoup d'émotion, touchés par la mort de ce jeune type qu'ils n'avaient jamais vu mais avec qui ils communiquaient souvent. Mais c'est surtout le message d'une autre mère qui a bouleversé Anita. Une mère qui venait elle aussi de perdre son fils dans les mêmes circonstances. Une brésilienne. Et cette mère était en relation avec d'autres mères disséminées sur la planète, au Japon, Russie, Etats-Unis, Afrique… Anita les a toutes contactées pour créer le forum des « Mères de motards qui souffrent dans leur chair ».

Je tape « Zanakian » dans la fenêtre du moteur de recherche. Je clique.

Plusieurs pages de liens s'affichent sur l'écran. Le premier est un article de presse relatant un accident de voiture, six mois après mon intervention chirurgicale. Le neurochirurgien conduisait, accompagné de sa femme, sur une route qui mène à sa résidence secondaire, lorsqu'il a percuté dans un virage un poids lourd qui venait en sens inverse. Le chauffeur du camion avait perdu le contrôle de son véhicule. L'épouse de Zanakian a été tuée sur le coup, lui, par miracle, en est sorti vivant mais avec de graves traumatismes qui l'ont rendu lourdement handicapé. Le chauffeur du camion n'a été que légèrement blessé. J'ouvre un autre lien. Il s'agit du rapport d'une conférence de Zanakian. Trop technique, je referme, me dirige sur un autre site, puis un autre, et encore un autre. Après une vingtaine, je tombe sur une vidéo qui date de cinq ans : la conférence de presse où il relate mon affaire. Il explique en deux mots l'opération chirurgicale, se dit fier d'avoir pu me sauver, tout assassin que je suis. Il insiste sur ce point en martelant qu'en tant que médecin il n'a pas à juger ses patients. Je devine la polémique de l'époque : à quoi bon sauver un tueur en série ! Je visionne de nouveau la vidéo. Quelque chose m'intrigue dans sa manière de s'exprimer. Son attitude physique dit autre chose que les mots qu'il prononce. Oui, son regard est ailleurs, inquiet.

Je poursuis mes investigations.

De nouveau des publications, des livres, des colloques. Zanakian bénéficie d'une grande notoriété, il est admiré partout dans le monde. Et puis il y a cet article de presse, publié le surlendemain de mon opération, qui explique pourquoi un neurochirurgien de renom a été appelé expressément pour me sauver, moi l'assassin. Il semblait capital pour les autorités que je ne meure pas.

En tant que flic j'avais trahi la profession, je représentais un danger bien plus grand qu'un simple tueur, j'étais un ennemi de l'intérieur, un cancer. Mon procès devait être une sorte d'exhibition où le monstre capturé avouerait ses crimes, où l'on prouverait que le mal avait été extirpé et que désormais tout redeviendrait comme avant. Tandis que ma mort, elle, aurait laissé un goût amer d'imperfection, de non fini, de déception. Les autorités, la police, les gens se seraient sentis frustrés de ne pouvoir savourer ce moment jouissif et ô combien rassurant de la punition exemplaire du crime et du traître. Personne, à ce moment-là, n'aurait pu imaginer qu'une troisième voie était possible entre la vie et la mort, un tout petit interstice. Personne n'aurait pu imaginer que j'allais devenir un non-être parce qu'amnésique. Embarrassés, ils ont décidé d'en finir au plus vite. Le procès a filé à la vitesse de la lumière et s'est résumé à une condamnation à perpétuité avec internement dans un hôpital psychiatrique pour fous dangereux.

Je résume sur un carnet, en un schéma rapide, ce que j'ai appris. « Zanakian- flèche -neurochirurgien- flèche - opération suivie d'amnésie- flèche -stoppe sa carrière de chirurgien - flèche - victime d'un terrible accident de la route, handicapé, décès de sa femme ».

Il commence à faire jour. J'entends Anita se lever. Je l'aperçois par la porte de la chambre restée entrebâillée. Anita la silencieuse. Anita la secrète. Elle prépare le café, sort une tasse du placard, s'assoit à la table. Je ressens le désir de la rejoindre, de lui parler. Mais j'appréhende de nouveau une intimité avec elle. Surtout ne pas l'approcher de trop près.

Je sors de la chambre. Elle me regarde, s'efforce de sourire. Elle a le visage reposé, il s'en dégage une sérénité mélangée à de la lassitude. Elle boit lentement son café, m'en propose une tasse. J'accepte. Je m'assois en face d'elle. Elle me demande :

- Cinno n'est pas là ?

Je lui réponds qu'il est retourné chez lui. J'évite de lui dire qu'il est parti pour se saouler, peut-être s'en doute-t-elle, en tout cas elle n'insiste pas. Je lui demande :

- Pourquoi vous faites ça pour moi ?

Ma question l'ennuie. Elle s'efforce de répondre.

- Qu'est-ce que ça peut faire ?

Son ton de voix est ferme. Anita a l'assurance des personnes qui ont tant souffert que plus rien ne peut les troubler. Je reprends :

- J'ai vu le portrait de votre fils, je...

Elle m'interrompt.

- Et alors, qu'est-ce que ça peut faire ?

Sa réponse me laisse perplexe. Oui, qu'est-ce que ça peut faire qu'elle retrouve en moi le fils qu'elle a perdu ? Moi aussi j'en ressens une satisfaction, une chaleur, un plaisir. J'ai soudainement envie de la prendre dans mes bras, de la serrer fort, de lui dire « Maman » comme un enfant. Mais je ne le fais pas. Surtout pas de contact physique. Ne pas prendre le risque de réveiller la bête tapie en moi.

Elle me demande si j'ai progressé dans mes recherches. Je lui montre la page du carnet sur laquelle j'ai pris mes notes comme un bon détective. Elle hoche la tête. Tout me semble si dérisoire en cet instant. Tout est tourné vers ce besoin d'amour de part et d'autre, elle, la mère amputée de l'être aimé, moi, le non-être banni de l'humanité. Mais nous restons immobiles. Trop de pudeur pour elle, trop de peur pour moi. Elle me dit, d'une voix troublée par l'émotion :

- Dans trois jours ce sera son anniversaire. Il aura vingt-quatre ans.

Je lui dis que j'ai perdu ma mère et que je n'ai aucun souvenir d'elle, même pas un reste d'amour perdu dans un coin de mon cerveau ou de mon corps. Elle me dit que tout son corps se souvient de son fils, qu'elle le revoit la nuit, enfant, adolescent, juste avant son décès, si beau, si heureux. Elle me dit qu'elle entend encore les râles de son agonie comme si c'était hier. Elle me dit qu'elle n'a pas pu le sauver, mais que moi, elle veut me sauver. Ses paroles m'affolent. Je balbutie que je suis peut-être cet assassin. Anita baisse le regard. Je sens qu'elle hésite, mais finalement murmure avec peine :

- Je le suis aussi !

Je ne comprends pas. Elle ajoute.

- Ce n'est pas Dieu qui a appelé mon fils à son côté.

Je ne sais pas comment réagir. Cet aveu me bouleverse. Anita m'a choisi, moi, pour libérer sa conscience. Pourquoi ? Me croit-elle assassin et donc plus apte à comprendre l'acte de tuer, plus apte à pardonner, absoudre, ou simplement pense-t-elle qu'elle a aussi sa place au panthéon des monstres, comme moi. Tous deux unis pour l'enfer. Non Anita, tu te trompes, nous ne sommes pas de la même race. Si je suis assassin, j'ai tué par folie, pas pour abréger les souffrances d'un être cher. Elle relève le visage, me regarde.

- Est-ce que Dieu me pardonnera ?

J'aimerais pouvoir poser ma main sur son bras pour la réconforter, lui entourer les épaules, lui chuchoter des mots de tendresse à l'oreille, mais je ne peux pas. J'ai peur de ressentir à nouveau cette pulsion qui a traversé mon corps là-bas sous les voûtes du quai, et ici, la veille.

Anita parle soudain avec détermination.

- Je devais le faire ! Tant pis pour Dieu.

Elle se lève, dignement, gagne sa chambre, ferme la porte. Moi, je suis KO. Merci Anita ! Merci de m'avoir donné ta confiance, merci de m'avoir redonné pour quelques instants, mon humanité.

Des zigzags, beaucoup de zigzags !

Mes recherches sur le net m'ont permis de découvrir que Zanakian vit reclus dans sa maison de campagne, située à une cinquantaine de kilomètres de la ville. Avec Cinno nous ne savions pas comment nous y rendre. Anita aurait pu nous prêter sa voiture mais les environs de la maison du neurochirurgien, acteur de mon histoire, étaient certainement surveillés par des caméras. On risquait de se faire repérer et les flics auraient alors débarqué chez elle. Nous n'avions pas de solution. Je voyais qu'Anita hésitait. Et puis elle nous a dit de la suivre. Elle nous a conduits à un petit garage, à deux rues de son domicile. À l'intérieur il y avait une bâche noire, poussiéreuse. Anita l'a soulevée. Nous sommes restés bouche bée. Devant nous se dressait une splendide Harley-Davidson. Elle appartenait à son fils. Il avait deux motos, l'autre avait été pulvérisée lors de l'accident. La Harley avait encore une plaque d'immatriculation mais n'était plus enregistrée depuis plusieurs années.

Encore des zigzags.

Cinno m'a juré avoir passé toute sa jeunesse sur de gros cubes. Après plusieurs bières, pour m'a-t-il dit, stabiliser ses tremblements, il m'a invité à prendre place à l'arrière de la Harley. Je n'avais pas le choix, j'ai accepté. Par moment je regrette. Les automobilistes nous klaxonnent, furieux de nos frôlements dangereux, queues de poisson, zigzags. Cinno leur répond par des doigts d'honneur. Parfois il se lève de sa selle, hurle pour apprécier plus encore cette impression de liberté. Je crois percevoir ses éclats de rire malgré le bruit du moteur et la visière de son casque. Cinno est en grande forme. Sa joie me fait du bien. Je ferme de temps en temps les yeux pour apprécier un peu plus l'air frais qui me caresse le visage. Je ressens une certaine ivresse. Je ne suis plus pour quelques instants le non-être ou le fou assassin.

Le problème du mode de transport résolu, restait à trouver comment approcher le neurochirurgien, comment le forcer à parler, à répondre aux questions d'un tueur évadé. Je ne savais pas comment m'y prendre. J'élaborais des plans compliqués. Cinno me regardait avec une sorte de compassion doublée d'un certain agacement. Il a finalement déposé sur la table, devant moi, un revolver et a proposé son propre plan.

- On y va, on le braque, tu lui poses tes questions et on se barre.

Il avait récupéré ce revolver, avec cinq balles, plu-sieurs années auparavant, sur une étagère dans une salle de pièces à conviction. L'arme avait servi pour un meurtre non élucidé, l'affaire était classée. Cinno l'avait planquée dans sa cave, au cas où, soigneusement em-ballée dans un plastique et l'avait presque oubliée. Après avoir purgé son année de prison, après son divorce, sa descente aux enfers, la seule chose qu'il ait gardée de son ancienne vie est cette arme.

- Des fois que je veuille tirer ma révérence.

M'a-t-il soufflé en guise d'explication avant de sourire.

Cinno ralentit pour s'engager sur une route étroite, entourée de champs de maïs. Je lui désigne une maison cossue. Nous y sommes. On évite de passer devant le portail en empruntant un chemin qui s'enfonce dans un bois. Cinno dissimule la moto dans une haie d'arbustes. Les branches garnies d'épines s'agrippent à ses vête-ments. Il râle. Il déteste la nature. On s'approche du mur de la propriété. J'aide Cinno, un peu trop lourd, à grimper puis le rejoins au sommet. Nous sautons à l'intérieur du parc. Cinno maîtrise mal sa chute et s'étale dans l'herbe. Il se relève.

- Putain, je te hais le Couseur !

La maison se situe à une cinquantaine de mètres, planquée derrière une rangée de cèdres. Nous traversons la terrasse et avançons vers une porte vitrée à double battant qui donne sur le salon. Tout est calme. Cinno jette un œil à l'intérieur.

- C'est bon, on y va !

Il tourne la poignée de la porte, elle est fermée à clé. Il donne un petit coup sec avec la crosse de son revolver pour briser la vitre, passe la main à l'intérieur, tourne la clé. Nous entrons.

La maison est spacieuse et sur deux niveaux. Nous entendons à l'étage supérieur des gémissements de plaisir. Au sourire de Cinno, je comprends sa pensée. Nous montons l'escalier. Cinno me glisse à l'oreille que nous tombons à pic, rien de plus efficace pour intimider un mec que de le surprendre en pleine action, à poil ou le pantalon sur les chevilles.

- La bitte à l'air, on est tous vulnérables.

Encore une pensée profonde tirée de sa philosophie de chiottes.

Nous nous dirigeons vers les gémissements. La porte est restée entrouverte. Cinno, revolver à la main, hoche la tête pour me signaler qu'il est prêt. Nous baissons nos cagoules pour nous couvrir le visage. Je pousse la porte, on entre.

Son regard me trouble. Un drôle de regard à vous foutre mal à l'aise. Un regard plein de lassitude, blasé, un regard que plus rien ne peut atteindre. Il est assis dans son fauteuil roulant. La jeune femme, nue, debout devant lui, essaie de se couvrir avec ses mains et ses bras. Elle doit avoir un peu plus de vingt ans et a un corps magnifique. Elle se fige, tétanisée. Je lui dis de se rhabiller. Elle saisit d'un geste rapide ses vêtements abandonnés sur le bureau et se réfugie dans un coin de la pièce pour se vêtir, surveillée par Cinno. Elle nous explique, affolée, qu'elle est infirmière et qu'elle s'occupe de Monsieur Zanakian. J'essaie de la rassurer en lui promettant de ne lui faire aucun mal. Lui, ne bronche pas. Il ne vit que par son regard qui passe de Cinno à moi. Je comprends qu'il ne peut bouger aucun membre, même pas la tête qui est soutenue dans une position à peu près droite grâce à une minerve. Le seul plaisir de sa vie doit être de fantasmer le corps nu de cette jeune femme. Un léger filet de bave coule sur son menton. Les gémissements sont en fait des râles qui s'échappent de sa gorge. Cinno demande à l'infirmière s'il y a quelqu'un d'autre dans la maison. Elle affirme que non mais ajoute que la fille et les petits enfants de monsieur Zanakian vont arriver d'ici une vingtaine de minutes. Je dis à Cinno de l'emmener hors de la pièce. Avant de sortir il me tend le revolver. La jeune femme me prévient que Monsieur Zanakian entend mais ne peut pas parler.

Je m'assois sur le bord du bureau, en face de Zanakian. J'enlève ma cagoule. Il me regarde, cherche dans sa mémoire qui je suis. Je le remercie de m'avoir sauvé la vie. Je lis dans ses yeux son incompréhension. Je me présente, Bastien Dibansky, le « Couseur ». Son regard s'illumine. Je lui fais part de ma compassion pour son état, lui explique que je suis venu lui poser quelques questions. Je lui dis de cligner des paupières une fois pour dire oui et deux fois pour dire non. Je lui demande si c'est la balle de 9 millimètres qui m'a rendu amnésique. Zanakian ne réagit pas. Il se contente de me fixer avec défi. Je réitère ma question. Il ne bronche toujours pas, ses yeux vissés dans les miens. Qu'a-t-il à cacher ? Je promène le canon du revolver sur son visage pour faire monter la pression. Je répète à nouveau, plus fort, en détachant les mots pour les enfoncer un à un dans son crâne.

- Est-ce que c'est cette putain de balle ?

Rien, aucune réaction. Juste son regard pour me provoquer. Je comprends qu'il n'a que faire de mes menaces. Il désire même, peut-être, que je mette fin à ses souffrances. Mais j'ai tant besoin de la vérité. Je sens grandir en moi une pulsion de violence. Je le saisis par le col, lève la main qui tient le revolver au-dessus de son visage, prêt à le frapper. Toute la haine accumulée durant ces cinq dernières années contre moi-même, les autres, l'humanité entière, m'envahit. Je me vois me déchaîner contre ce corps torturé, le frapper, défoncer son visage à coups de crosse. Je vois le sang couler, gicler comme un geyser. Oui, j'en suis capable, je le sens. Mon regard croise mon reflet dans le miroir accroché au mur. J'ai un autre visage, peut-être celui dont parlait Francesca victime de ma fureur. Je détourne les yeux. J'ai peur de moi-même. Je ne veux pas être ce fou dangereux, celui qu'ils disent que je suis. Je ne veux plus de cette violence. Je lâche Zanakian. Je respire profondément. Je me calme. Je glisse l'arme dans ma ceinture. Le neurochirurgien râle de satisfaction pour fêter sa victoire. Je le comprends. Il m'a prouvé qu'il était toujours un homme libre, peut-être même plus libre qu'avant, maintenant qu'il n'a plus grand-chose à perdre. Avec le revers de sa main, en la basculant légèrement, il appuie sur la petite manette de son fauteuil pour le faire avancer. Il le dirige face à la bibliothèque, s'arrête devant un rayon qui contient une série de dossiers étiquetés. Il attend, face à eux. Que veut-il me faire comprendre ? Je m'avance. Je lui désigne un dossier, il cligne deux fois des yeux. Le suivant, de même. Ce n'est qu'au cinquième qu'il ferme une seule fois les paupières. Je prends le dossier. Il est inscrit dessus : « Jimmy Adelbro ». Je le glisse à l'intérieur de mon blouson, le coince dans la ceinture de mon pantalon. Zanakian recule son fauteuil, lui fait faire un demi-tour et vient le positionner face au portrait de sa femme posé sur le bureau. Il le regarde un instant, puis il avance brutalement. Une roue de son fauteuil heurte le bureau. Tous les objets posés dessus tremblent sous le choc. Il recule, recommence la manœuvre, encore, et encore. La photo encadrée tombe. Zanakian se tourne alors vers moi et me fixe d'un regard de haine.

Lorsque je rejoins Cinno au salon du rez-de-chaussée, je le trouve affalé sur le divan à côté de l'infirmière recroquevillée sur elle-même comme pour se protéger. Il est vrai que l'imposante masse de Cinno, sans visage puisque masqué, est particulièrement inquiétante. Devant lui, sur une petite table basse, une bouteille de whisky prise dans le bar de la maison, dont il ne reste plus qu'un fond. Cinno la saisit et la finit d'un trait. Je m'inquiète pour le retour en moto, persuadé que la bouteille était bien plus remplie avant que Cinno ne s'en empare. Il me désigne l'infirmière d'un mouvement de tête.

- Elle a un petit peu de mal à se détendre.

Je lui répète qu'elle ne risque rien, qu'on ne lui fera aucun mal. Elle acquiesce avec un sourire hésitant. Je lui demande depuis combien de temps elle est l'infirmière de Zanakian. Elle avale sa salive pour desserrer sa gorge nouée par l'angoisse.

- Un an.

- Et se foutre à poil devant lui, ça fait partie du traitement ?

Lui demande Cinno, intrigué et intéressé. Elle lui répond sur un ton sec.

- Je sais qu'il aime ça !

Après un silence, Cinno ajoute.

- Moi aussi à sa place j'aimerais ça, pas toi ?

Me demande-t-il, très sérieux. J'acquiesce.

- Vous êtes si belle !

Conclut Cinno, soudain pensif, emporté dans une rêverie alcoolisée.

J'en viens à ce qui me préoccupe, la femme de Zanakian. Elle me dit qu'il devait beaucoup l'aimer. Qu'il reste parfois des heures devant son portrait. Elle est persuadée qu'il lui parle mentalement.

Cinno se lève du divan. Je le suis du regard, inquiet. Il se dirige vers le bar. J'appréhende le pire.

Retour vers l'infirmière.

Encore des questions sur la femme de Zanakian. Elle me répond qu'elle a été victime cinq ans auparavant d'une forte dépression nerveuse qui a entraîné son hospitalisation. Le neurochirurgien s'est alors beaucoup occupé d'elle, abandonnant une partie de ses activités pour lui consacrer plus de temps.

Et que sait-elle sur l'accident de voiture ? Rien, elle ne sait rien. Zanakian a-t-il cherché à entrer en communication avec elle pour lui confier quelque chose ? A-t-elle trouvé dans son bureau, des papiers, des documents relatifs au Couseur ? Non, rien. Je lui montre le dossier « Jimmy Adelbro », elle le prend, le feuillette. Là encore, elle ne sait rien. J'entends une voiture approcher. Certainement la fille du neurochirurgien et ses enfants. Il est temps de partir. Cinno s'est décidé pour une bouteille de vodka, il l'enfouit dans la poche de son blouson.

On sort par une porte à l'arrière de la maison. Après une dizaine de mètres, je me retourne et aperçois Zanakian à la fenêtre de son bureau. Je reste quelques secondes face à lui. Que dois-je lire cette fois dans son regard ? Ce n'est plus de la haine, non, c'est autre chose. Quelque chose du pacte de confiance, quelque chose de ce goût là en tout cas. Oui, je crois que Zanakian attend quelque chose de moi.

Beaucoup plus de zigzags pour le retour, beaucoup plus de majeurs levés accompagnés de violents coups de klaxon de colère. J'ai cru mourir une dizaine de fois mais nous sommes arrivés à bon port. Merci au Dieu des alcooliques.

Nous ne sommes pas rentrés chez Anita, Cinno voulait fêter la réussite de notre première mission. On est allés chez lui.

Je suis assis dans le rocking-chair pendant que Cinno s'envoie le litre de vodka, bien installé sur son canapé.

J'ouvre le dossier pris chez Zanakian.

C'est une étude de cas que le neurochirurgien a incluse dans l'un de ses livres sur le cerveau. Il y a toute une série de reproductions d'IRM, de scanners, de schémas et un compte rendu médical et opératoire traduit de l'américain. Jimmy Adelbro était un GI. En mission à l'étranger, il a été grièvement blessé par une bombe artisanale mais s'en est sorti. Sauf qu'un bout de métal s'était fiché au cœur de son cerveau, exactement comme la balle de 9 mm dans mon crâne. Même cause, même effet. Une sévère amnésie épisodique rétrograde, comme moi. Pourquoi Zanakian voulait-il que je lise ce dossier ? Et quel rapport avec sa femme ? Parce qu'il y en a un, forcément, Zanakian a fait tomber son portrait après m'avoir désigné le dossier. D'après l'infirmière elle a fait une dépression nerveuse, il y a cinq ans, donc à la même époque que mon opération. Coïncidence ?

Je me balance sur le rocking-chair. Pourquoi Zanakian m'a-t-il dirigé sur le cas Jimmy Adelbro ? Je récapitule. Le Couseur, moi, arrêté à mon domicile, je sors mon arme, tire sur Zéroual qui réplique, je m'effondre, une balle dans la tête. Puis Zanakian intervient, opération, amnésie. Et pour finir l'hôpital psychiatrique prison, mon dossier, ma bible, le cri qui me ronge les entrailles, le cri pour une autre vérité.

Mon regard se pose sur le 3, œuvre de Cinno. Je réfléchis. Si je suis innocent, mon amnésie est si providentielle pour le Couseur. Et cette balle de 9 mm

91

qui détruit mes souvenirs, rien que mes souvenirs. Je me lève d'un bond. Le cas Adelbro ! Je commence à tourner dans la pièce en proie à une grande excitation. Oui, bien sûr le cas Adelbro. Je me rue sur Cinno qui s'est endormi comme une masse. Je le secoue. Il ouvre les yeux, hagard. Il grommelle un son indistinct. Je lui crie au visage que ce n'est pas la balle qui a provoqué mon amnésie mais Zanakian. Je hurle encore plus fort :

- Zanakian !

L'annonce fait l'effet d'une bombe sur Cinno, il marmonne avec difficulté.

- Fais pas chier le Couseur, fais pas chier !

Je le repousse, il s'écrase de nouveau dans son sommeil. Je reprends mes tours de manège autour du rocking-chair. Le salaud ! Je me prends la tête dans les mains. Parle à haute voix pour mieux réfléchir. Zanakian m'a tué. Il m'a tué ! Il s'est servi du cas Aldebro comme référence, comme une carte géographique, un itinéraire. Il n'avait qu'à suivre au millimètre l'opération décrite dans le dossier de Jimmy Aldebro pour atteindre la même zone du cerveau. Il avait tout pour ça, les IRM, scanners, radios, schémas. Il a détruit à coups de bistouri les mêmes tissus qui avaient été détruits par l'éclat de la bombe dans le cerveau du GI. Zanakian m'a rendu amnésique. Pourquoi ? Je ne parviens pas à me calmer, je tourne de plus en vite dans la pièce, m'assois sur le rocking-chair, me relève, tourne de nouveau.

Me calmer, réfléchir, me concentrer, récapituler. Je respire profondément, une fois, deux fois…

Premier acte.

Deux flics, Zéroual et Valier, confondent le Couseur, vont l'arrêter chez lui. Mais celui-ci tire avec son arme de service, Zéroual réplique. Le tue. Le Couseur c'est moi. L'affaire aurait pu, aurait dû s'arrêter là. Mais je ne suis pas mort, la balle de 9 mm ne m'a pas tué et Zanakian entre en piste. Que dit le dossier, ma bible, sur mon arrestation ? Il faut que je me souvienne. C'est page 290. Le témoignage de Zéroual, page 291, 292, 293, puis celui de Valier. Et ensuite ? Je ne me rappelle pas.

Me concentrer, agir avec méthode, visualiser le dossier, prendre un point de repère.

Page 300 : l'exposition de la scène. Une photo du dessin à la craie de mon corps gisant sur le sol, à côté un schéma pour montrer la position de Zéroual lorsqu'il a tiré. La page d'avant : l'étude balistique. Des traits pour montrer les trajectoires des balles, et avant encore d'autres dessins et les photos des lieux. Je suis page 298. Le témoignage de Valier occupe trois pages, je les tourne dans ma tête, 294, 295, 296... Et ensuite, entre les pages 296 et 298 ? Le rapport du légiste ? Non, c'est après, bien après. Page 297, je vois un titre en haut de la page, en corps gras, souligné : « Témoignage d'Alexis ». Non, je confonds, « Témoignage de Franck... ». Oui, j'y suis, Franck Bardel, le premier flic en uniforme arrivé sur les lieux. Il dit un truc du genre : « je suis arrivé avec mon collègue, Dibansky était étendu dans le couloir de son domicile, son arme par terre à côté de lui. Zéroual nous a dit que Dibansky avait tiré et qu'il avait répliqué, une balle en pleine tête. »

Bardel et son collègue patrouillaient à proximité, ils sont arrivés très vite sur les lieux après l'appel de Zéroual. Ils ont entendu une première détonation, puis une autre quelques secondes après. Je suis persuadé que le flic dit ça dans son témoignage. Quelques secondes après. Ensuite Bardel a cru percevoir un mouvement de mon bras, il s'est agenouillé à mes côtés, a pris mon pouls au niveau de la gorge. Contre toute attente j'étais encore en vie. Il a appelé les secours, j'ai été transporté aux urgences.

Quelques secondes entre mon tir et celui de Zéroual ! Un temps bien long pour un tir en légitime défense. Zéroual et Valier payés par un sale type, un vrai salaud d'après Cinno. Et s'ils avaient été payés pour m'exécuter ? S'ils l'avaient fait lors de mon arrestation, chez moi, une balle dans la tête, une balle qui aurait dû me tuer. Tout était prévu, planifié. Ils appellent du renfort, juste avant d'entrer chez moi, pour avoir des témoins au bon moment. Ils savent qu'ils ont au moins cinq minutes pour agir. Ils me tirent une balle dans la tête, montent une mise en scène pour faire croire que j'ai tiré le premier et que Zéroual n'a fait que répliquer. Mais le renfort arrive plus vite que prévu. Franck Bardel et son collègue entendent les coups de feu, séparés de quelques secondes, mais surtout Zéroual et Valier n'ont pas le temps de s'assurer que je suis mort. Et je ne le suis pas. Emporté à l'hôpital, je leur échappe.

Je prends la bouteille de Cinno déjà à moitié vide, bois une lampée pour me calmer. J'ai le sentiment d'être si proche d'une possible vérité. Une nouvelle gorgée de vodka.

Deuxième acte.

La justice, elle, voulait me sauver pour me juger. Zanakian a été choisi comme neurochirurgien parce qu'il était le meilleur. Mais il a menti dans son rapport médical. La balle n'a touché aucune zone cruciale. C'est après, seulement après avoir extrait la balle qu'il m'a détruit la mémoire en se référant au cas Adelbro. Pourquoi ? Pourquoi un chirurgien de renom s'en prendrait-il à moi ? Parce que j'étais un tueur en série à éliminer ? Je ne vois pas Zanakian en justicier. L'argent ? Non, Zanakian n'avait pas besoin de fric, il n'aurait pas accepté. Alors quoi ? Quel chantage sur Zanakian pour qu'il accepte de me détruire ? Nouvelle gorgée de vodka. Je revois Zanakian heurter son bureau avec la roue de son fauteuil pour faire tomber le portrait de sa femme, je revois son regard de haine. Sa femme ? Oui, sa femme, comme monnaie d'échange. Sa femme qui a sombré dans une violente dépression juste après mon opération. J'y suis ! Voilà le message de Zanakian, voilà l'explication de son geste, voilà ce qui aurait pu le convaincre de trahir sa conscience. Ma vie contre celle de sa femme. Nouvelle gorgée de vodka, puis une autre, une autre encore. Je tremble, je transpire. Je ne suis pas encore arrivé au bout, il manque des éléments. Je reprends mon raisonnement. Zéroual et Valier ont raté leur mission, c'est la panique, ils doivent trouver rapidement une parade, trouver un moyen de faire pression sur Zanakian pour qu'il m'achève. Ils s'en prennent à sa femme. Que lui ont-ils fait ? Probablement kidnappée, séquestrée. L'ont-ils violentée pour que le neurochirurgien s'affole, comprenne leur détermination? Mais il ne m'a pas tué. Pourquoi? Il était si simple de le faire pendant l'opération. Il lui était si facile de justifier ce décès par des raisons médicales. Et que pouvait valoir la peau d'un tueur en série face à celle de son épouse qu'il aimait tant. Zanakian, un grand neurochirurgien, qui a une grande conscience professionnelle, une si grande moralité et une notoriété mondiale qu'il ne peut trahir. Comment aurait-il pu devenir assassin ? J'y suis ! Zanakian devait choisir entre la vie de sa femme et la mienne, il a trouvé une troisième issue. Me laisser en vie, mais en détruisant ce que j'étais. Tuer Bastien

Dibansky sans vraiment le tuer. En faire un non-être, lui détruire la mémoire. Une solution qui pouvait convenir aux deux parties. L'affaire était pliée, le dossier classé. Personne ne pouvait se douter qu'il subsisterait en moi un cri de révolte, personne ne pouvait se douter que je renaîtrais de mes cendres.

Je m'écroule sur le rocking-chair, épuisé par mes cogitations. Je regarde de nouveau le 3, peint sur le mur par Cinno. Il m'apparaît de plus en plus trouble, de plus en plus lointain. Si je suis innocent alors qui est l'assassin ?

Je finis la bouteille de vodka. Méthode Cinno !

Innocent ! Toutes les souffrances de ces cinq dernières années me déchirent le corps. Innocent ! Moi qui ressentais tant de dégoût pour moi-même, ou plutôt cet ancien moi-même. Moi qui n'osais plus croiser mon reflet dans un miroir de peur d'y voir la bête, le monstre. Moi qui me suis haï et me hais encore. Moi, le fou, le tueur de femmes, je serais donc innocent, le cri aurait donc raison ? Ils m'ont tué, pourquoi ? Je suis pris de vertige, anéanti.

Innocent ! Ai-je vraiment le droit d'y croire ?

Je me réveille dans un brouillard cotonneux d'où je perçois le visage de la sainte Vierge et quelques Jésus crucifiés. Je suis donc chez Anita, dans la chambre de son fils. Je me souviens juste de quelques bribes fugaces, les lumières de la rue, le bruit, la foule. Je suis donc parti de chez Cinno pour me rendre chez Anita, seul, totalement ivre. Première conclusion, la méthode Cinno ne me convient pas. J'ai un mal de tête insupportable, la bouche pâteuse et ne parviens pas à émerger d'une épaisse torpeur. J'ai les doigts secs, étrangement secs, le frôlement entre eux est désagréable. Je me redresse sur le lit, parviens difficilement à me lever. J'avance d'un pas hésitant. La porte de la chambre est fermée. Je pose ma main sur la poignée pour l'ouvrir. Ma main ! Mes muscles se tétanisent d'un coup. Mes doigts sont couverts d'une croûte rouge, craquelée : du sang. Mon tee-shirt en est maculé, mon pantalon également. Je ne ressens aucune douleur, ce sang n'est pas le mien. J'ouvre la porte. Tout est calme, Anita semble partie. La boîte de couture est renversée, plusieurs bobines de fil jonchent le sol. Celle du fil noir est posée sur la table à côté d'une aiguille ensanglantée. J'avance vers la chambre d'Anita. La porte est entrouverte. Je la pousse.

Je dévale les escaliers, en proie à la panique. Je cours sur le trottoir.

Anita !

Un homme, un flic en civil, surgit devant moi, me bloque le passage. Je traverse la rue. Un autre flic surgit d'un porche, je fais demi-tour, un troisième se jette sur moi. Je m'écroule sur le bitume. Ils me maintiennent au sol, me frappent à coups de pied pour me dissuader de toute rébellion, me tordent les bras pour me passer les menottes. Ils me relèvent, me poussent avec violence en direction d'une voiture garée un peu plus bas. Plusieurs badauds observent la scène. Leur regard sur mes vêtements couverts de sang, leur regard sur mes mains ensanglantées. Oui, c'est moi, le Couseur, le tueur de femmes, la bête immonde.

Anita !

Je n'ai pas vu arriver Cinno, seulement entendu le bruit du moteur.

Il percute l'un des flics, donne un coup de pied dans le ventre du deuxième. Je balance mon coude dans le plexus du troisième qui me tient par l'épaule. Le souffle coupé, il se casse en deux, je me retourne, lui assène un coup de genou dans le visage. Mémoire de mon corps de flic. Je saute à l'arrière de la moto, Cinno démarre sur les chapeaux de roue. Arrivés au bout de la rue, une voiture de police se met en travers pour nous barrer le passage. Cinno bifurque et s'engage dans des escaliers qui descendent abruptement pour rejoindre une autre rue. J'entends un premier coup de feu, puis un autre, j'entends des sirènes, j'entends le rire de Cinno.

Anita !

À droite, puis à gauche, puis de nouveau à droite. Nous filons à la vitesse de la lumière, nous sommes hors du temps, hors de l'espace. Cinno monte sur les trottoirs pour éviter les embouteillages, les groupes de piétons se dispersent à notre approche, envolée de pigeons effrayés. Je ne sais pas si Cinno est déjà saoul, mais je constate qu'il est devenu maître en zigzags. Je me cramponne, laisse le vent balayer mon visage, balayer mes pensées, balayer cette horrible vision d'Anita, étendue sur son lit, nue, les jambes écartées, le sexe cousu d'un fil noir qui dessine un 3, comme la lettre Sigma inversée en 4 segments de droite.

Le silence, rien que le silence.

Cinno est assis dans le rocking-chair, il se balance lentement. J'ai revêtu son peignoir marron élimé après m'être douché, lavé et encore lavé pour me débarrasser de tout ce sang.

Ses longs cheveux bruns, son regard noir. Je me souviens de sa douceur, de cette tendresse qu'elle exprimait par de simples gestes attentionnés en me coiffant, en me rasant. Je me souviens de sa confession si troublante, de l'émotion partagée. Je me souviens de son silence, de sa sérénité puisée dans sa douleur.

Je suis entré dans sa chambre, je l'ai vue baignant dans son sang. Ses longs cheveux noirs sur l'oreiller blanc. Pas une trace de lutte, Anita n'a pas résisté. A-t-elle été surprise dans son sommeil ou bien est-elle morte en martyre, acceptant son sort pour expier sa faute ? Anita, la Sainte ! Ou avait-elle confiance en l'assassin ? Je suis resté un instant pétrifié devant son corps. Je ne parvenais pas à réaliser. J'avais du mal à respirer. Comment avais-je pu ? Je me disais que le monstre était sorti de sa cache, avait resurgi du fond de mon être profitant de mon ivresse, profitant que ma conscience soit anesthésiée par l'alcool. Ensuite j'ai paniqué. Je voulais fuir. Je me suis rué vers la porte d'entrée. Elle était fermée à double tour. J'ai cherché la clé dans mes poches ensanglantées, je l'ai cherchée dans la chambre du fils. Je ne la trouvais pas. Je ne savais plus quoi faire, j'avais peur de moi-même, cet assassin. Je tournais dans la pièce, affolé. Je devenais fou à l'idée qu'Anita était étendue, nue, morte sur son lit juste à côté. J'ai trouvé son sac à main, je l'ai ouvert, fouillé à l'intérieur, pris sa clé. J'ai ouvert la porte, je me suis enfui.

Cinno se balance toujours. Le regard perdu, loin, si loin. Je devine les mille et une questions qui l'assaillent. Moi, je retombe dans le néant. Le 3 dessiné sur le mur semble me narguer. Je ne supporte plus ce silence, beaucoup trop lourd.

- Je l'ai tuée, Cinno.

Cinno ne bronche pas, ne va même pas chercher une bouteille de bière dans le frigo. Il se balance toujours, le regard baissé, le visage fermé.

Je sais qu'il n'aimait pas Anita d'amour, non c'était autre chose, mais cet autre chose lui fait si mal.

Je me lève du canapé.

- Je vais me livrer aux flics.

Je me dirige vers la porte, l'ouvre. La voix de Cinno percute mon corps.

- Le Couseur !

Je m'arrête, me retourne. Cinno s'est levé, il tient le revolver et me vise. Je lui dis :

- Vas-y, tire !

Je sens qu'il le désire. Il crie :

- Qu'est-ce qui s'est passé chez Anita ?

Cinno me laisse une chance. Je lui réponds que je n'en sais rien, que j'étais trop saoul. Il hésite. Un long moment. Il finit par baisser son arme.

- C'est peut-être pas toi Dibansky. J'ai de bonnes raisons d'avoir un doute. On va aller au bout de cette affaire.

Je reste un instant immobile. Cinno repousse la porte du pied, elle se referme bruyamment. Il me fait signe de m'asseoir. Je le fais sans broncher. Il se place face à moi, debout, m'assène ses paroles comme pour se convaincre lui-même.

- On va tout reprendre depuis le début. On va chercher dans le moindre recoin puant de cette histoire.

Rabâcher, encore et encore. En aurai-je la force ? Cinno ajoute :

- Si t'es bien cet enculé de Couseur, je te promets de te flinguer. Ça te va, comme ça ?

J'acquiesce, réconforté.

Première page. « Dossier Bastien Dibansky. » C'était moi.

Cinno n'était pas arrivé par hasard chez Anita pour m'arracher aux mains des flics. Il a sorti de sa poche un papier, me l'a tendu, m'a dit.

- On l'a glissé sous la porte.

L'écriture était soignée, presque enfantine. Une simple phrase. Je l'ai lue à haute voix : « Va chez la femme, ton ami est en danger ».

Cinno espérait une explication, je n'en avais aucune. Il a tiré lui-même la conclusion.

- Il y a un salaud qui nous manipule, Dibansky.

On est restés de nouveau silencieux, perplexes. Après un instant, Cinno a repris.

- C'est tout ce que t'as à me dire ?

Je lui ai fait part de mon raisonnement de la veille.

Un : Zéroual et Valier sont venus chez moi non pas pour m'arrêter mais pour m'exécuter.

Deux : Le chantage fait à Zanakian, la vie de sa femme contre la mienne.

Trois : La troisième voie choisie par le neurochirurgien, me rendre amnésique plutôt que de m'assassiner.

Cinno a écouté avec attention, sans laisser poindre la moindre réaction. À la fin de mes explications, il a jugé cette version possible, mais sans plus de conviction. Il s'est efforcé de prolonger ma logique.

- Zéroual et Valier auraient donc été payés pour te flinguer. Pourquoi ?

Je n'avais aucune réponse à lui proposer. Cinno s'en est chargé. Il s'est souvenu de mes dernières paroles au sujet du 3 avant mon arrestation. Je lui avais dit que j'étais sur une piste, que l'affaire était peut-être plus délicate qu'on ne l'imaginait. À l'époque il m'avait questionné mais je n'avais pas répondu, comme toujours, j'attendais d'avoir des éléments de preuve. Ça l'avait rendu furieux.

Après un instant, Cinno a repris.

- Ils ont dû avoir les jetons que tu découvres le pot aux roses.

Il a essayé de reconstituer l'histoire sous ce nouvel angle de vue.

Un : Zéroual et Valier n'auraient pas eu pour but de confondre l'assassin mais au contraire de le protéger.

Deux : Ils auraient monté toute une stratégie pour me transformer en coupable et pouvoir m'éliminer sans danger. Il leur était facile de créer quelques indices qui m'accusaient. Il leur était facile de faire disparaître ceux qui me disculpaient comme le moule de l'empreinte de pas. Il leur était facile de déposer chez moi, la preuve irréfutable, le fil de cuir. Et pour mettre un point final à cette affaire, il leur était facile de m'éliminer en me tirant une balle dans la tête tout en faisant croire à de la légitime défense.

- Ça colle plutôt bien, Dibansky !

A balancé Cinno. Et il a ajouté :

- Mais ce ne sont que des suppositions de merde.

Il s'est levé, a disparu dans la cuisine, est revenu avec une bouteille de bière qu'il a décapsulée avec les dents.

Cinno retrouvait de la vigueur, preuve que ces suppositions de merde il y croyait un peu.

Je n'osais pas aborder le meurtre d'Anita. Cinno l'a compris et l'a fait pour moi.

- Qui a tué Anita ?

Il s'est aventuré dans une explication.

- Zéroual et Valier ont peut-être repris du service.

Il s'est rassis dans le rocking-chair.

- Zanakian les a peut-être avertis de notre visite.

Je devinais où voulait en venir Cinno. Zéroual et Valier auraient compris que j'enquêtais de nouveau sur l'affaire. Or Anita m'hébergeait, j'aurais donc pu lui livrer une part de vérité. Elle devenait à son tour un danger et ils ne pouvaient se permettre de prendre un tel risque. Mais pourquoi imiter le *modus operandi* du Couseur ? Cinno a réfléchi longuement avant d'avancer une réponse.

- Ils ont eu peur que tu détiennes des éléments, que tu cries ton innocence. Alors ils ont enfoncé le clou. Un nouveau meurtre pour prouver que t'es bien le Couseur. Et pour finir ils ont prévenu les flics pour qu'ils t'arrêtent en flag.

Il m'a regardé, l'air désolé de n'avoir rien de plus solide à proposer. Il a ajouté, l'air perdu.

- Mais comment ont-ils découvert que tu créchais chez Anita ?

Il attendait que je lui vienne en aide, que je le sauve de la noyade, que je participe, que je lui montre que j'étais encore motivé. Je me sentais trop abattu, toujours sous le choc du meurtre d'Anita. Mais je ne pouvais pas abandonner Cinno, le laisser seul face à mon histoire qui était devenue la sienne. Je n'en avais pas le droit. Je me suis lancé à mon tour dans le jeu des hypothèses. Je lui ai dit qu'ils m'avaient peut-être repéré le soir où j'avais erré dans les rues et bu une bière dans un bar.

- Et ils t'auraient filé ?

Cinno n'y croyait pas. D'après lui, trop contents de m'avoir sous la main, Zéroual et Valier m'auraient supprimé pour régler l'affaire une bonne fois pour toute. Et lui, aurait-il pu être suivi ? Supposition également rejetée. Cinno repéré, ils seraient déjà ici, chez lui. Il s'est balancé avec un peu plus de vigueur sur le rocking-chair. Il était évident que nous étions en train de nous perdre dans un labyrinthe de questions, de possibilités, de suppositions, il était évident que nous ne savions plus dans quelle direction aller. Cinno s'est frotté le visage avec les paumes de ses mains comme pour se réveiller. Je voyais bien qu'il commençait sérieusement à douter et que ça le contrariait.

Comment Zéroual et Valier ont-ils pu repérer Anita ? J'espérais qu'à force de répéter la question, une idée lumineuse jaillirait de mon cerveau. Il fallait que je trouve cette putain de réponse. Elle était cruciale pour ne laisser aucun espace au doute, à la suspicion dévastatrice.

Cinno est parti dans la cuisine prendre une autre bière. Je me sentais groggy, tout se bousculait dans ma tête. Qui avait pu écrire ce mot glissé sous la porte, ce mot qui m'avait sauvé la vie, ce mot qui venait se surajouter à tous ces mystères ? Un ancien collègue flic ? Le Couseur lui-même? Il m'aurait attendu pour ressurgir après une si longue absence? Et ce type des coups tordus, celui qui avait payé Zéroual et Valier pour qui travaillait-il ? Qui était le grand méchant dans cette histoire ? Il en faut toujours un, se plaisait à répéter Cinno, c'est tellement plus simple.

104

De retour de la cuisine, Cinno s'est laissé tomber sur le rocking-chair, puis s'est mis à se balancer lentement tout en buvant des gorgées de bière aussi régulier qu'un métronome. Il m'énervait. Je ressentais soudain cette pulsion de violence, la même que face à Zanakian quand il refusait de répondre à mes questions. La violence ferait donc partie de la mémoire de mon corps, elle serait inhérente à ma personnalité, à mon ancien moi ? Encore de quoi douter de mon innocence. Je n'avais aucune réponse pour satisfaire Cinno, que des questions. Zéroual et Valier étaient-ils seulement des flics pourris ? Est-ce que j'avais bien interprété les messages de Zanakian ? Le cas Adelbro que m'avait livré le neurochirurgien n'était-il pas seulement l'explication de ma pathologie amnésique ? Tout l'échafaudage d'hypothèses que j'avais construit me semblait soudainement l'œuvre d'un fou, un château de cartes qui ne demandait qu'à s'écrouler. Je l'avais bâti sur des fondations si fragiles : le cri. La seule hypothèse crédible, solide, évidente, qui ressortait de tout ce fatras était ma culpabilité. Coupable, tout devenait limpide, simple, le reste ne pouvait être que du délire.

Cinno s'est levé, a fait quelques pas en direction de la fenêtre. Je l'ai observé un instant, l'immense Cinno, bouteille à la main, le regard perdu dans le ciel comme s'il y cherchait l'inspiration. Un ange ! Oui, le visage éclairé par la lumière extérieure, ses cheveux blonds bouclés, je me suis dit une nouvelle fois que Cinno était un ange. Un ange vieillissant, le visage labouré par les mauvais coups de la vie, un ange fatigué, éreinté. Tout son corps exprimait la lassitude, l'abandon, mais je percevais dans son regard bleu brillant les lueurs de l'amour de la vie, un reste de la joie de l'enfance et même quelque chose de la foi.

J'étais mal à l'aise. Je lui cachais une partie de la vérité, je le trahissais. J'aurais dû lui confesser le flash de réminiscence où j'avais vu le regard de ma cinquième victime terrorisée, j'aurais dû lui parler des aveux de mon corps sur le lieu du premier crime, de mon trouble face aux longs cheveux noirs d'Anita. Est-ce que j'en avais le droit après tous les efforts de Cinno pour nous redonner espoir, nous éviter de sombrer ?

Il a avalé une dernière gorgée de bière.

- On la trouvera cette foutue vérité.

Il l'a dit sans conviction, en s'efforçant de sourire. J'ai hoché la tête, complice. Oui il nous la fallait cette putain de vérité. Mais elle m'effrayait de plus en plus.

Cinno m'a dégoté un pantalon, un polo, une veste un peu plus épaisse et des chaussures montantes. Les belles et chaudes journées d'été ont disparu, il commence à faire froid. J'ai attendu plusieurs jours avant de sortir, je devais laisser retomber l'effervescence engendrée par ma capture avortée et le meurtre d'Anita. J'étais redevenu l'ennemi public numéro 1, celui qui fait la une, celui par qui le malheur arrive, celui que l'on aime haïr. L'échec de mon arrestation avait dû provoquer une forte tempête dans les hautes sphères hiérarchiques policières. La traque qui s'était essoufflée au fil des jours était relancée. L'excitation était palpable, les flics tournoyaient dans la ville à ma recherche. J'entendais continuellement de chez Cinno les sirènes de leurs véhicules déchirer l'air. Il fallait que je change une nouvelle fois de tête. Une autre peau, encore et encore. J'ai rasé mes cheveux, laissé pousser ma barbe. Cinno m'a rapporté des lunettes de vue. Des lunettes de démonstration, les verres n'avaient aucun effet correcteur mais ils étaient montés sur des montures épaisses qui me mangeaient en partie la figure. Je ne sais pas où il les avait dénichées mais l'idée était bonne. Je ne ressemblais plus du tout au dernier Bastien Dibansky répertorié, l'Ange des Enfers, ni aux précédents.

Quand pourrai-je être moi-même ?

Je m'approche de leur immeuble.

Ma sœur, Sacha, j'ai besoin de me sentir proche d'eux, de les imaginer vivre.

Une simple lumière à une fenêtre du troisième étage, observée quelques secondes, me redonnerait courage.

Je lève les yeux. Aucune lumière, aucun signe de vie. Le coup est rude. Je sens que je pourrais m'effondrer, tout abandonner, mais je me remobilise, continue à marcher. Ne jamais s'arrêter, ne jamais se retourner, la moindre pause serait captée par les caméras et mon signalement serait diffusé dans toute la ville. Je suis condamné à l'errance.

Sacha, ma sœur, où sont-ils ? Peut-être en vacances ! Oui, sans doute, ils ont dû s'absenter pour quelques jours, sont partis prendre l'air ailleurs, peut-être au bord de la mer et ne sont pas encore rentrés. J'aimerais être avec eux, jouer avec Sacha sur une plage, nager avec lui dans les vagues. Est-ce que je l'ai fait avant ce cauchemar ? J'imagine que les bons souvenirs aident à tenir le coup, que l'on peut s'y réfugier dans les moments difficiles pour retrouver une force. J'ai tant besoin de mon passé, tant besoin de rêver des jours heureux en me disant qu'ils m'appartiennent. J'aimerais tant pouvoir être nostalgique.

Je me suis retourné plusieurs fois sur le chemin du retour. J'avais la sensation d'être épié, suivi. J'ai aperçu une ombre qui semblait se cacher pour fuir mon regard. Je n'aime pas cette ombre.

Zéroual et Valier. Ils sont désormais nos cibles.

Cinno est sorti. Il est allé trouver un ancien collègue, un certain Georges, à la retraite depuis une bonne décennie mais qui a encore pas mal de relations à tous les étages de l'édifice policier. Cinno était persuadé qu'il obtiendrait des renseignements. Georges avait une dette envers lui, Cinno lui avait sauvé la vie au cours d'une intervention périlleuse.

Nous nous doutions que Zéroual et Valier n'étaient que de bons petits soldats mais nous voulions remonter jusqu'au stratège, l'homme des coups tordus, celui que Cinno a surnommé, le Serpent. Pourquoi le Serpent ?

- Adam et Ève, le venin, la créature du diable, et sa peau pour m'en faire des bottes, ça te va comme réponse ?

Depuis l'assassinat d'Anita, Cinno était devenu agressif envers moi. Il ne parvenait pas à remonter la pente. À cran, il souffrait, bouillonnait, était prêt pour le règlement de compte et se sentait frustré de ne pouvoir ruer dans les brancards. S'il avait eu la preuve de ma culpabilité, il m'aurait flingué sur le champ.

Je me balance dans le rocking-chair. Le 3 dessiné sur le mur m'obsède. Il est la clé de toute cette affaire, je le sais. D'où vient-il ? Si je suis l'assassin, pourquoi ce 3 ? Quel lien a-t-il avec ma vie ? Personne n'a pu apporter de réponse dans le dossier.

Ma bible ! Il me la faut, peut-être que la vérité s'y trouve, bien cachée entre les lignes.

La planche de bois ferme toujours l'ouverture. Le papier blanc est toujours en place. Je n'aperçois plus les deux caméras qui surveillaient l'entrée. Le dispositif a-t-il été levé ? Il paraissait évident que j'avais abandonné le lieu, je n'y étais pas retourné depuis une dizaine de jours. Et les flics savent désormais que j'ai un complice et donc probablement une autre planque. Mais il y a une autre hypothèse. Ils ont découvert ma bible enterrée, sont persuadés que je vais venir la chercher tôt ou tard. Ils ont démonté leurs caméras pour me faire croire qu'ils sont partis mais surveillent toujours les alentours.

J'hésite.

Je tourne à gauche, à droite, de nouveau à gauche. Je marche d'un pas rapide, nerveux, dans les rues avoisinantes. Ma bible, il me la faut. Je fais demi-tour, me dirige vers le réduit. Je stoppe. Non, je ne peux pas prendre ce risque, je ne peux pas me faire prendre aussi stupidement, je le dois à Anita, à Cinno. Je renonce, m'éloigne.

Il me la fallait. J'en étais convaincu. Je l'ai senti dans mon corps. Sans elle je me sentais perdu, sans repère, inexistant. Je n'étais rien. J'ai fait demi-tour, déterminé. Je me suis avancé vers la planche de bois, je l'ai poussée d'un geste violent de la main et je me suis précipité. Tout était en place. Le petit meuble de guingois, la bassine, le petit miroir… Je suis tombé à genoux, j'ai commencé fébrilement à creuser la terre. Je me retournais sans cesse, je sentais une sorte de démangeaison dans mon dos, entre mes épaules, là où des mains risquaient de m'empoigner.

Elle était toujours là, à sa place. Je la sentais sous mes doigts. Je l'ai exhumée, sortie de son sac plastique. Sur la première page : « Dossier Bastien Dibansky ». Je l'ai embrassée avec dévotion, je l'ai serrée contre ma poitrine. À l'intérieur les photos de ma mère, de Sacha, de moi à dix ans, de ma sœur. Tout ce qui me restait de mon passé. J'ai caché le précieux document sous ma veste, il ne me restait plus qu'à sortir, qu'à m'enfuir. J'ai voulu me relever…

Le premier coup a été violent, porté sur le sommet du crâne, mais ce n'est que le second qui m'a fait perdre connaissance.

Je reprends mes esprits. Je suis allongé sur le sol, plongé dans l'obscurité. La planche qui sert à obstruer l'entrée a été remise en place. À travers les fentes du bois je peux voir qu'il fait nuit, j'en déduis que je suis depuis un bon moment inconscient. Ma bible ! Je me redresse, la cherche à tâtons, ne la trouve pas. Je cherche encore, donne un grand coup de pied dans la planche pour la renverser. La lumière des lampadaires pénètre dans le réduit. Ma bible a disparu, mes photos ont disparu. Je sens une violente douleur dans mon ventre. Je me recroqueville sur moi-même. De nouveau le vide, de nouveau le non-être. Et puis je le vois, là, contre le mur, dessiné à la craie. Le 3 en 4 segments de droite comme la lettre Sigma inversée. Et en dessous une inscription : « tu es moi ».

Retour chez Cinno.

Je le trouve attablé. Il mange une soupe minute qu'il a fait chauffer dans une casserole à la propreté douteuse, posée sur la table. À mon entrée il ne lève pas les yeux vers moi, ne s'interrompt pas. Je suis inquiet. Aucune bouteille de bière dans les environs. Cinno n'a pas bu depuis une semaine. Qu'il arrête de boire est un signe de dépression. Il n'a même plus le goût à la plaisanterie et a effacé au coin de sa bouche le rictus qui marquait son ironie amusée sur le monde. Il verse de la soupe dans un bol, pour moi.

- Merci, j'ai pas faim !

Cinno se renfrogne, il n'apprécie pas mon refus.

Je m'assois dans le rocking-chair, me balance en silence. Je ne veux pas lui parler de mon agression, je ne veux pas lui raconter ma bible, mes photos volées. Je ne veux pas lui faire part de mon inquiétude, de mon angoisse provoquée par le « tu es moi » dont je ne comprends pas le sens. Je ne veux pas évoquer cette ombre qui me suit.

Cinno embraie.

- J'ai vu Georges.

Même désespéré, Cinno aime jouer le suspense. C'est son côté conteur inné. Après deux cuillerées à soupe avalées, il reprend.

- Valier est mort. Il s'est pendu, chez lui, trois mois après ton affaire.

Pour éviter deux autres cuillerées et le bruit de succion qui va avec et m'exaspère, et que Cinno exagère à dessein comme un gamin, j'active le processus.

- Et Zéroual ?

Nouvelle cuillerée. Je crie, exaspéré.

- Merde, Cinno !

- Tu veux vraiment pas la goûter ?

Je ne peux m'empêcher de sourire devant son attitude bornée. Je cède à son chantage. Je bois la soupe d'un trait. Une fois le bol reposé sur la table, Cinno, son regard bleu dans mes yeux, me demande :

- Alors ?
- Dégueulasse !
- Ouais ! Dégueulasse !

Il passe le revers de sa manche sur sa bouche pour l'essuyer.

- Zéroual a démissionné de la police. Adresse inconnue. Mais je sais où le trouver.

Cinno se lève, disparaît dans la cuisine. Je n'ose espérer. Mais oui, il revient avec une bière, la décapsule avec les dents. Cinno a manifestement terminé sa période de deuil. Il boit deux grandes gorgées. J'imagine son carburant couler dans ses tuyaux, j'imagine son moteur intérieur redémarrer, l'énergie se répandre dans son corps. Il rote avec force. Super Cinno est de retour. Il finit d'un trait la bouteille et la jette de toutes ses forces sur le 3 en hurlant.

- Putain Dibansky, on va se le faire !

Oui, Cinno, on va aller au bout de cette affaire. Qu'importent mes doutes, mes craintes, mes peurs. Je me sens soudain plein de force. Le cri vibre dans mes entrailles.

On avait évalué un créneau horaire de vingt-trois heures à deux heures du matin. Il était peu probable que Zéroual arrive avant ou après. Chaque soir Cinno partait avec deux énormes packs de bières. Il s'installait sous un porche à une trentaine de mètres de l'entrée du bar où Zéroual avait l'habitude de jouer au poker. Cinno patientait en s'envoyant les cannettes. Il appréciait ce travail autant que celui de gardien de chiottes qu'il avait dû abandonner par sécurité, la mort dans l'âme. Tout en surveillant l'entrée du bar, il essayait d'imaginer la vie qui se déroulait derrière les fenêtres éclairées des immeubles. Il m'a conté la fois où deux femmes qui fermaient leurs volets en vis-à-vis se parlaient dans une langue étrangère par delà la rue. Cinno les a écoutées, émerveillé par le son mélodieux de leur voix qui brisait le silence.

- J'en aurais chialé, va savoir pourquoi !

Le lieu où Zéroual jouait au poker était en fait un bar à putes, plutôt sordide, dans un quartier pauvre. D'après les renseignements que Cinno avait recueillis, Zéroual y avait grandi. La grande crainte de Cinno était de manquer son arrivée pendant qu'il allait pisser dans un petit square, à proximité. Et avec toutes les bières qu'il s'enfilait, il s'absentait souvent. Pour remédier à cet inconvénient et ne prendre aucun risque, il décida de se soulager à l'intérieur du porche, contre le mur. Mais il ne voulait pas perdre de vue l'entrée du bar, alors il pissait courbé en arrière et la tête tournée à plus de 90 degrés.

- Tout en vrille, une vraie danseuse. Je me serais jamais cru aussi souple.

Zéroual est venu la troisième nuit.

Nous attendons, tous les deux, depuis plus d'une heure sous le porche.

Cinno a eu le temps de me faire un compte rendu circonstancié. Il m'a expliqué qu'il commençait à se les cailler sous son porche.

- Et j'en avais marre de pisser en salto arrière.

Il a donc pris la décision d'aller boire un coup au bar. D'après sa description, la salle était petite, trois, quatre tables pas plus. À peine installé devant sa pression, une pute est venue se coller à lui.

- Elle t'aurait plu Dibansky, elle avait de longs cheveux noirs.

Pas de chance ! Zéroual a choisi ce moment pour entrer. Cinno a plongé dans le décolleté de la pute de peur d'être reconnu.

- Elle avait des seins énormes, doux et moelleux, un vrai paradis.

Quand il a relevé la tête, Zéroual avait disparu pour rejoindre la salle de poker située dans l'arrière-boutique. Il était une heure du matin. Cinno a sauté sur la Harley pour venir me chercher.

La porte du bar s'ouvre, trois hommes sortent. Zéroual est l'un d'eux. Ils discutent sur le trottoir.

J'avais accepté le plan de Cinno, élaboré en deux minutes chrono. Simple et efficace. Du pur Cinno.

L'un des hommes salue les deux autres et s'en va. Zéroual continue à parler au troisième tout en fumant une cigarette.

Le plan de Cinno consiste à enlever Zéroual, à le conduire dans un entrepôt désaffecté qu'il a repéré et à le faire parler. Comment ? Cinno n'en savait rien.

- On improvisera !

Il y avait toujours une part d'improvisation dans les plans de Cinno.

- C'est la partie que je préfère. Mon côté artiste !

M'a-t-il dit en souriant.

Pour ma part j'étais plutôt sceptique, mais je n'avais rien d'autre à proposer.

Zéroual jette sa cigarette et s'éloigne. On le suit. Il tourne dans la rue adjacente, s'arrête devant sa voiture, ouvre la portière. Je surgis derrière lui, colle le canon du revolver sur sa tempe, Cinno le frappe à l'estomac d'un grand coup de poing. Il se plie en deux. Cinno ouvre la portière arrière. J'essaie de pousser Zéroual sur la banquette. Il résiste, me donne un violent coup de talon sur les orteils. Je me retiens de hurler, la douleur me paralyse la jambe. Zéroual se retourne, enchaîne avec un coup de genou dans le bas ventre et me frappe sur la nuque de toutes ses forces. Je m'écroule.

Je reprends connaissance dans l'entrepôt. Zéroual est attaché à un poteau métallique, inconscient. Cinno est debout, à côté de lui.

- T'as failli faire foirer mon plan Dibansky.

Je lui demande ce qu'il a fait à Zéroual.

- Une grosse gifle !

J'ai eu le privilège lors de ma première rencontre avec Cinno de recevoir une de ses grosses gifles. Zéroual en a pour une bonne heure à refaire surface.

- J'ai réfléchi à ta question Dibansky. Comment le faire parler ? Et j'ai trouvé la réponse. En le torturant pardi ! Ça te dirait un peu de couture, le Couseur ?

Cinno m'observe. Je sens qu'il me teste. Je réponds « non » d'un mouvement de tête.

- Dommage !

Cinno reprend.

- De toute façon, il aurait rien dit.

Il me tend un téléphone portable.

- Il était dans sa poche. Le répertoire est vide.

Je le prends. Cinno me montre la carte d'identité trouvée dans le portefeuille.

- Zéroual ne s'appelle plus Zéroual mais Martin Gordi. J'ai aussi les clés de chez lui. Qu'est-ce que t'en dis ?

- On y va !

Cinno me tend le revolver.

- Tu te souviens, il t'a collé une balle dans la tête.

Je prends le revolver. Vise Zéroual. Tire.

Avant de partir Cinno a collé dans la bouche de Zéroual deux mouchoirs en papier roulés en boule et lui a entouré le bas du visage de rubans adhésifs. On se doutait bien qu'il serait tôt ou tard découvert et libéré, mais il ne devait pas donner l'alarme trop tôt, on avait besoin de temps. Je ne l'avais pas exécuté, j'avais tiré à côté. Je n'avais aucun goût pour la vengeance, ma seule motivation était de trouver la vérité sur moi-même. Cinno m'a regardé en souriant et a ironisé

- Pour un tueur en série t'es plutôt décevant le Couseur.

Il était soulagé.

On a emprunté la voiture de Zéroual pour se rendre à son domicile.

Il vit dans un appartement modeste. Une sorte d'intérieur de fonctionnaire qui pue le vieux garçon à la vie routinière. Le genre d'homme a priori paisible mais qui peut se transformer en tueur si on lui en donne l'ordre. Que fait Zéroual de tout le fric gagné comme exécuteur des basses besognes ? Cinno a la réponse.

- Le poker, Dibansky, le poker !

L'endroit est propre et tout est impeccablement rangé. Organisé, méticuleux, scrupuleux, Zéroual un vrai maniaque qui ne laisse rien au hasard. Cinno se fait un plaisir de tout foutre en l'air. Après une vingtaine de minutes on n'a toujours rien trouvé d'intéressant, rien qui nous permettrait d'identifier le Serpent. Je fouille toutes les poches des manteaux, pardessus, vestes, pantalons à la recherche d'un bout de papier oublié. Toujours rien. Cinno met en pièce le matelas avec un couteau de cuisine. Je ne sais pas s'il espère trouver quelque chose ou s'il se défoule. J'ai la réponse en le voyant jeter en l'air les plumes d'un oreiller qu'il vient d'éventrer. Cinno se venge de la mort d'Anita, de sa déchéance, de ses souffrances, de tout son désespoir. Il casse tout ce qu'il peut casser. Je le vois disparaître dans la cuisine, emporté par sa rage.

Je renverse le tiroir de la table de chevet, un réveil dégringole suivi d'un magazine porno, d'une boîte de boules Quies, d'un stylo et de plusieurs capotes. Zéroual est du genre prudent, inquiet, il ne fait rien sans se protéger. Je suis persuadé qu'il doit toujours assurer ses arrières, garder un moyen de se défendre au cas où une affaire tournerait mal. Où cache-t-il ses secrets ?

Cinno revient de la cuisine, l'air satisfait. Il tient à la main une bouteille de bière qui semble bien fraîche et de l'autre un sac plastique qui en est rempli.

- Au moins je serai pas venu pour rien. T'as soif ?

Il me tend une bière. Je la prends. On s'assoit, chacun dans un fauteuil.

- Si tu veux mon avis Dibansky, ce mec est une tombe.

Je bois une gorgée et enchaîne.

- Il planque des trucs quelque part, j'en suis sûr.

Cinno a déjà fini sa bouteille, il la jette contre le mur. Un jet de bière vient souiller le canapé. Il éructe.

- Faut qu'on dégage d'ici !

Je balaie du regard une dernière fois les lieux avec l'ultime espoir de repérer l'endroit qui nous aurait échappé, la cachette où Zéroual aurait enfermé tous ses trésors. Rien. Je ne vois rien. Je me lève du fauteuil lorsque le portable de Zéroual, enfoui dans ma poche, sonne. Sur l'écran s'affiche « numéro inconnu ». J'hésite un instant à répondre, Cinno m'y encourage d'un signe de tête. Je décroche. Je réponds d'une voix sourde, neutre, méconnaissable. Je joue la complicité.

- Ouais !

- Neuf heures, hôtel Le Boston.

Retour chez Cinno.

Il me dépose devant l'entrée de notre immeuble pourri et va garer la Harley dans une impasse, quelques rues plus loin. Il le fait par précaution, des fois qu'un flic la repère.

Je grimpe les escaliers, passe devant le « Bienvenue » de l'appartement d'à côté déserté depuis longtemps, sors la clé de ma poche. J'arrête mon geste avant de l'introduire dans la serrure. La porte a été forcée. J'entre, le revolver à la main.

Elles sont collées au mur, à chaque extrémité des segments de droite qui dessinent le 3. Les traits les relient entre elles. Elles sont toutes là. La première, la pute tuée sous les voûtes des quais, la seconde, la plus jeune, tuée dans le hall de son immeuble, la troisième dans un square, la quatrième dans un parking souterrain, la cinquième chez elle. Toutes tuées à coups de couteau, entre une heure et deux heures du matin, toutes brunes avec de longs cheveux, toutes retrouvées nues, le sexe cousu. Toutes les photos anthropométriques des victimes du Couseur qui étaient dans le dossier, dans ma bible volée, sont là, collées au mur. À côté, le début d'un autre 3. Un premier segment tracé à la craie. À l'une de ses extrémités la photo d'Anita, telle que je l'ai vue, ensanglantée sur son lit. À l'autre extrémité, une autre photo, celle d'une femme blonde. Contrairement aux autres elle est vivante. Je la décolle, la regarde de plus près. Je ne connais pas cette femme mais je sens une profonde tristesse m'envahir. Je ne la connais pas, mais je suis traversé par un sentiment d'amour que je ne comprends pas. Je caresse son visage. Au dos de la photo, une inscription : « je suis toi ».

Lorsque Cinno est entré, il m'a trouvé prostré devant les photos. Il m'a secoué pour que je reprenne mes esprits.

- C'est quoi ce bordel ?

Je lui ai tout expliqué. Cette ombre qui me suit, le retour dans mon antre pour récupérer ma bible, l'agression, le vol, le « tu es moi » inscrit sur le mur, le « je suis toi » sur le dos de la photo. Cinno me l'a arrachée des mains, l'a regardée attentivement. Ensuite il s'est retourné vers les autres collées au mur. Il s'est arrêté sur celle d'Anita. Il est resté un instant, si long, sans bouger, l'air perdu. Et puis il m'a saisi à la gorge, m'a poussé contre le mur, a approché son visage tout contre le mien.

- Joue pas avec moi Dibansky.

La pression de ses doigts m'empêchait de respirer. Je le regardais fixement, incapable de prononcer une parole.

- La prochaine fois que tu me caches quelque chose, je te tue.

Il a serré encore plus fort. J'allais perdre connaissance. Il m'a lâché. Il a décollé avec rage la photo d'Anita et l'a déchirée. Trop insupportable pour lui, trop impudique. Il m'a désigné celle de l'inconnue.

- Tu sais qui c'est ?

J'ai répondu négativement d'un signe de tête. Lui le savait.

- Je l'ai rencontrée deux ou trois fois, Dibansky. T'en étais fou amoureux.

J'en ai déduit qu'il s'agissait de Francesca. Dans ma bible c'est la femme que j'aimais, ma compagne. J'ai regardé Cinno, désemparé. Je lui ai dit :

- Elle est la prochaine victime.

Il m'a répondu sèchement.

- J'avais compris, merci.

Il s'est laissé tomber de tout son poids sur le canapé. Je pouvais lire le désarroi dans son regard. Il a marmonné.

- Une blonde ! Quel merdier !

Je tourne les derniers événements dans tous les sens, essaye de les emboîter les uns dans les autres. Je cherche une cohésion, une forme, quelque chose de palpable mentalement. Cette ombre qui me suit, le meurtre d'Anita, le mot glissé sous la porte pour que Cinno vienne me sauver des mains des flics, le dossier volé, la photo de Francesca. Toutes les hypothèses échafaudées laborieusement avec Cinno à propos du meurtre d'Anita se volatilisent. La conclusion s'impose désormais. Le Couseur est de retour. Cinq ans ! Cinq ans après mon arrestation, il refait surface. Il est l'Ombre, l'assassin d'Anita. Comment a-t- il pu retrouver ma trace ? J'ai le sentiment qu'il sait tout sur moi depuis le début de cette affaire et encore plus depuis qu'il possède ma bible. Oui, il sait à quel point je ne suis plus personne, à quel point je suis un non-être perdu, vide, une proie facile. Il sait que le doute est ma seule vérité. Le meurtre d'Anita, comment a-t-il pu ? Il m'aurait suivi, serait entré derrière moi, profitant de mon ivresse, de mon inconscience. Il l'aurait assassinée dans son sommeil, m'aurait couvert de son sang. Pourquoi ? Pour semer le trouble dans mon esprit, me perdre ? Dans quel but ? « tu es moi ». Oui, il veut que je devienne lui. Mais pourquoi s'en prendre à Francesca, une femme blonde, loin de ses obsessions, loin de sa folie ? Il désire pénétrer ma vie, me la voler, s'accaparer mon passé, le détruire. « je suis toi ».

Il me manipule pour qu'on ne fasse qu'un.

Cinq ans !

Il a attendu pendant les cinq années où je pourrissais dans ma chambre cellule. Comment pouvait-il espérer que je m'évade ?

Mon évasion !

Il y avait eu quatre tentatives d'évasion depuis l'ouverture de l'asile. Aucune n'avait réussi. L'une d'elles avait fini dans le sang. Un surveillant et le fou qui avait tenté sa chance avaient été tués.

Le plus difficile était de sortir du bâtiment de l'hôpital. Tout s'est déroulé exactement comme je l'avais prévu. Ce n'est qu'ensuite que j'ai failli échouer, rattrapé par les gardiens et leurs chiens dans le tunnel.

Je suis le seul à avoir réussi. Le seul !

Les incidents graves se multipliaient pendant les douches. Mais c'est seulement après le meurtre d'un malade, retrouvé égorgé dans une cabine, que la direction a décidé de nouvelles mesures de sécurité. Nous ne prenions nos douches désormais que un par un. Un surveillant nous escortait, chacun à notre tour, jusqu'à la salle. Après avoir remonté un couloir de vingt mètres de long bordé de cellules, on arrivait à un sas qui ne s'ouvrait qu'avec une carte magnétique que possédait le gardien. Il devait en plus taper un code pour commander l'ouverture de la porte. Aucun angle du couloir ou du sas n'échappait à la surveillance vidéo. La salle de douches était prévue pour tout l'étage, il y avait vingt cabines. Leur porte ne se verrouillait pas de l'intérieur mais de l'extérieur pour des questions de sécurité.

J'avais élaboré mon plan depuis plusieurs mois, le peaufinant sans cesse jusqu'à atteindre la perfection. Mais j'avais besoin d'un petit événement, d'un grain de sable pour gripper les rouages bien huilés de la machine carcérale. J'avais remarqué depuis quelque temps un surveillant débutant qui faisait de temps à autre des remplacements. Il avait le teint très mat, presque noir, sans doute métis. Son regard, inquiet, n'exprimait pas vraiment l'intelligence. Il devait avoir dans les vingt-cinq ans. Il était parcouru par des tics amplifiés par le stress d'être confronté à des fous dangereux. Un spasme faisait vibrer un coin de sa bouche. Un nerveux ! Il avait été formé rapidement pour pallier le manque chronique de personnel et n'avait pas encore acquis les bons réflexes. Je le voyais souvent hésiter, ne sachant comment réagir face à une situation délicate. J'avais réussi une première fois à déjouer sa surveillance pour récupérer une petite plaque de fer tombée d'un chariot métallique que le personnel utilisait pour distribuer les repas. J'ai compris qu'il était la faille du système. Après trois semaines d'absence, il a repris du service pour remplacer un de ses collègues agressé la veille par un malade en crise. Je ne pouvais laisser passer cette occasion. Je devais tenter ma chance.

L'avant-veille et la veille du jour de mon évasion j'ai jeté discrètement mes médicaments qui me plongeaient dans une sorte de léthargie. J'avais besoin de toute ma lucidité.

Le surveillant débutant, nerveux, pas très intelligent ! Trop providentiel ?

Ma bible ! Impossible de m'évader sans l'emporter. Je devais trouver une idée. J'avais rendez-vous avec le psychiatre après la douche. J'ai convaincu le jeune surveillant que je devais l'emporter avec moi, que le psychiatre tenait absolument à ce que je l'aie pour nos séances. Il a hésité un instant, puis a accepté.

Une fois arrivé dans la salle des douches, j'ai déposé le dossier sur un banc scellé au carrelage. J'ai ôté mon uniforme psychiatrique et je suis entré dans une cabine. Le surveillant a verrouillé la porte derrière moi. J'ai ouvert à fond le robinet d'eau chaude. Une épaisse vapeur a envahi la salle et a embué l'objectif des caméras. Il y avait au centre de la pièce une bouche pour évacuer l'eau utilisée abondamment lors du nettoyage du lieu à grands coups de jet. Une bouche d'évacuation assez large pour qu'un homme maigre, comme je l'étais devenu, puisse s'y glisser. Elle était recouverte par une lourde plaque grillagée vissée sur les côtés. Dessous, un tuyau d'une soixantaine de centimètres de diamètre plongeait dans les sous-sols pour rejoindre une énorme conduite souterraine qui menait à la rivière. Enfin c'est ce que je supposais, ce que tout le monde supposait.

J'avais droit à cinq minutes. Le règlement était précis. Le surveillant devait rester face à la porte de la douche sans jamais la quitter des yeux. Mais c'est long cinq minutes pour un homme nerveux. Les cabines ne montaient pas jusqu'au plafond et il y avait dix bons centimètres entre le bas de la porte et le sol. Je me suis accroupi. J'ai vu disparaître les chaussures noires du gardien. Je me suis hissé en haut de la cabine. Je le voyais debout devant la fenêtre, il observait le parking de l'hôpital pour se distraire. Il me tournait le dos. J'ai escaladé et je suis passé dans la cabine d'à côté. J'ai attendu. Je le guettais par la porte entrebâillée. Les cinq minutes terminées le surveillant est revenu, a frappé trois coups violents contre la porte pour m'avertir que je devais sortir puis l'a déverrouillée. Une fois la porte ouverte, j'ai bondi de ma cachette, j'ai poussé violemment le gardien à l'intérieur de la cabine, je l'ai maintenu avec force sous le jet d'eau brûlant. Les surveillants avaient un bip sur eux pour déclencher l'alarme. J'avais fait le pari qu'il serait vite HS sous l'eau. J'ai refermé la porte, tiré le loquet. Le gardien s'est mis à hurler, à cogner de ses poings contre la porte. Le sas qui séparait la salle des douches du couloir emprisonnait ses cris. Personne ne pouvait l'entendre.

J'avais dissimulé dans l'ourlet de ma serviette la petite barre de fer plate que j'avais patiemment usée pour la rendre plus fine à son extrémité. Je m'en suis servi comme tournevis pour dévisser la plaque grillagée de la bouche d'évacuation, juste de quoi pouvoir passer mes mains dessous pour la soulever et l'arracher.

Un plan si aléatoire, sujet au moindre imprévu et qui fonctionne à la perfection !

Le surveillant a réussi à défoncer la porte de la douche. Persuadé en voyant la bouche d'évacuation ouverte que je m'étais enfui par cette issue, il s'est précipité vers le sas pour déclencher l'alarme. Moi j'attendais, caché dans une autre cabine au fond de la salle, j'attendais d'être seul. Je me suis servi de la plaque arrachée, je me suis servi de son angle renforcé pour donner des coups de boutoir dans le verre blindé de la fenêtre cadenassée. J'ai cogné, cogné, cogné... Une première étoile est apparue, puis un trou. J'ai redoublé d'efforts, enragé. Affaibli en son centre, le verre a cédé. J'ai enfilé rapidement les chaussures blanches fournies par l'hôpital, je suis monté sur le rebord de la fenêtre. Il y avait bien trois mètres de haut, j'ai sauté, couru, complètement nu, jusqu'au grillage qui entourait le bâtiment. Je l'ai escaladé. Les barbelés me tailladaient la peau, je ne sentais aucune douleur. Ma bible sous un bras, je suis passé de l'autre côté et j'ai couru en direction de la voie ferrée. L'alarme s'est déclenchée.

Tout a merveilleusement fonctionné comme dans un rêve. Oui, un putain de joli rêve. Mais une autre inter-prétation est possible, un autre regard pour une autre version. Un nouveau surveillant, intelligence médiocre, manque d'expérience. Je croyais l'observer à son insu, c'est lui qui guettait mes moindres gestes. Je me suis dit qu'il était la faille du système, que je devais m'en servir, il s'est imposé à moi. J'ai cru tromper sa surveillance lorsque j'ai récupéré la pièce métallique tombée du chariot, je ne faisais que l'avertir que je préparais un coup. Je pensais l'avoir abusé, le jour de mon évasion, lorsque je lui ai demandé d'emporter avec moi le dossier judiciaire, il a compris que c'était le jour J. Oui, il avait le temps de biper sous la douche pour donner l'alarme, mais il ne l'a pas fait. Oui, il aurait pu se douter que je ne m'étais pas enfui par la bouche d'évacuation. Oui, il aurait dû revenir immédiatement dans la salle des douches après avoir déclenché l'alarme du sas. Il n'est pas revenu. Il m'a laissé le temps, il m'a laissé ma chance. Il est devenu mon complice.

Pourquoi ?

Neuf heures. Hôtel « Le Boston ».

J'attends avec Cinno, en face de l'entrée. Il fait froid. La Harley est garée à une vingtaine de mètres dans une rue adjacente. L'hôtel est de gamme moyenne, dans un quartier paisible, un peu décentré.

J'observe Cinno. Il se dandine d'un pied sur l'autre pour lutter contre le froid, se frotte les mains pour les réchauffer. Le brave Cinno ! L'ange ! Il a la gueule des mauvais jours. Il ne m'a pas adressé une seule fois la parole depuis qu'il m'a à moitié étranglé. Il ne se remet pas d'avoir vu Anita couverte de sang, nue, le sexe cousu.

Avant de nous rendre à l'hôtel, nous sommes passés au domicile de Francesca. Je voulais la mettre en garde, lui dire de fuir. Mais elle n'habitait plus à l'adresse indiquée dans le dossier. J'ai convaincu Cinno de déposer discrètement sa photo dans un commissariat, avec le nom « Francesca Rossi » inscrit derrière, doublé

126

de la mention « en danger de mort, prochaine victime du Couseur ». C'est peut-être déjà trop tard. Il faut qu'on aille plus vite.

Reprendre depuis le début, chercher la faille.

Je m'appelais Bastien Dibansky, j'étais flic. J'enquêtais sur l'affaire du Couseur. Zéroual et Valier étaient chargés de le protéger. Je m'approchais de la vérité. Ils m'ont fait passer pour lui, m'ont tué lors de mon arrestation. J'ai survécu. Ils ont fait chanter Zanakian, ma vie contre celle de sa femme. Le neurochirurgien a choisi une troisième voie, l'amnésie. Je suis devenu personne. Reste le cri, le meurtre d'Anita, l'Ombre qui me suit, la réapparition du Couseur, mon évasion avec la complicité du jeune gardien métis.

Cinno me donne un petit coup de coude et d'un geste du menton me désigne un homme qui sort de l'hôtel. Il me murmure :

- C'est le salaud dont je t'ai parlé, celui qui a refilé une enveloppe pleine de fric à Zéroual et Valier, le Serpent.

L'homme attend quelques minutes devant l'entrée de l'hôtel, regarde sa montre, s'impatiente. Il comprend que son rendez-vous ne viendra plus, il hèle un taxi et disparaît.

Cinno s'est chargé d'embobiner la jeune femme de l'accueil. Il lui a dit qu'on était flics, a fait en sorte qu'elle voie son revolver glissé sous la ceinture de son pantalon. Il lui a expliqué qu'on était en mission, que l'on enquêtait sur le client de l'hôtel qui venait juste de sortir. L'aplomb de Cinno était convaincant, je m'efforçais d'afficher la même assurance. Il lui a demandé le numéro de la chambre, sous quel nom elle avait été réservée. La jeune femme a hésité. Cinno a montré quelques signes de contrariété, d'énervement, pour lui mettre un peu plus de pression. Il y avait le doute, la crainte, elle a choisi d'obtempérer. Chambre 22, au nom de Pierre Rivière. Cinno est passé derrière le comptoir, a pris la clé sur le tableau avec autorité.

On fouille la chambre d'hôtel du « Serpent ». Cinno s'occupe de la salle de bains. Je trouve sur la table de nuit plusieurs boîtes de médicaments pour soigner le paludisme. Je soulève le matelas. Rien. Lorsque je me retourne, je surprends Cinno en train de m'observer.

- Bordel, quand je te vois faire Dibansky, je me crois cinq ans en arrière.

Sa voix est empreinte d'émotion.

- T'étais un bon flic, complètement givré mais ça me déplaisait pas dans le fond.

Et après un instant d'hésitation, il ajoute :

- J'étais sûr que tu m'avais pris pour un con, que t'étais un salaud. Je t'en voulais tellement que je t'ai enfoncé. Je regrette.

Je ne sais trop quoi lui répondre. Je me sens mal à l'aise. Il continue, l'air grave.

- Pourquoi personne ne s'est levé pour dire non, c'est pas possible, Bastien Dibansky ne peut pas être un assassin ?

Cinno me fait mal. Il appuie là où siège la forte douleur que je n'ai jamais pu exprimer, la douleur que j'ai fuie, que je ne voulais pas m'expliquer. Je ne veux toujours pas en parler, j'essaie d'abréger.

- Il y avait des preuves contre moi.

- Ouais, t'as raison, c'est sans doute pour ça !

Cinno n'est pas convaincu mais il n'insiste pas. Il comprend mon malaise.

Pourquoi personne n'a pris ma défense ? Pourquoi ma mère, ma sœur ont-elles accepté l'évidence ? Elles auraient dû la nier par amour pour moi. Elles auraient dû la refuser par intime conviction, parce qu'un fils, un frère bien aimé, ne peut être un assassin. Mais elles l'ont acceptée. Dans le dossier ma sœur parle de mes troubles psychologiques au moment de l'adolescence. Quelques bizarreries de personnalité. Une sorte d'attirance, de fascination pour la mort. J'aimais errer dans les cimetières, je me passionnais pour les faits divers sordides. Elle relate la fois où j'avais pénétré en douce dans une morgue pour observer les cadavres de près. Ma sœur était inquiète. Ma mère, elle, était trop immergée dans sa dépression pour voir quoi que ce soit, mais elle devait bien sentir que je me perdais dans une psychologie tortueuse. Elles ont dû vivre dans la peur que je bascule dans la folie, elles ont dû redouter ce moment. Oui, j'étais prédestiné à l'horreur, j'accumulais en moi tous les symptômes du détraqué, tout ce qui fait qu'après coup on ne peut que constater qu'il y a une logique de cause à effet. J'avais pour ainsi dire le profil du tueur en série, tous les experts l'ont affirmé au regard de mon passé. Évidence, logique, autant de murs infranchissables, autant de murs pour m'enfermer, m'étouffer comme dans ma chambre cellule de l'hôpital psychiatrique.

Mais il y a une autre logique possible, une logique inversée, une logique à rebours. Ils avaient deux problèmes à résoudre. Le premier : trouver un assassin pour protéger le vrai coupable et mettre un terme à l'enquête. Le deuxième : m'éliminer parce que j'étais proche de la vérité. Ils ont fouillé mon passé tourmenté, ont découvert que je pouvais faire un tueur en série crédible. Ils tenaient la solution aux deux problèmes. Il leur suffisait de fabriquer des preuves matérielles pour m'accuser, justifier mon arrestation et pouvoir m'abattre en toute légitimité. Tous les faits de mon passé interprétés à travers la certitude de ma culpabilité abondaient dans leur sens. Ce n'est pas mon passé qui a fait de moi un tueur. C'est parce qu'ils ont fait de moi un tueur que mon passé est apparu comme étant la preuve que j'étais bien cet assassin. Ma mère, ma sœur, moi devenu un non-être, étions obligés d'admettre ce qu'ils avaient transformé en évidence. La raison ne pouvait que l'emporter sur l'intuitif, le sentiment, l'amour. Seul quelque chose d'inexplicable, d'incontrôlable, quelque chose de sauvage, d'illogique, d'irrationnel, je ne sais trop comment l'appeler, une vérité première, primitive, primale, quelque chose de l'ordre de l'instinct de survie, venu de je ne sais où, des profondeurs abyssales de l'être humain, pouvait faire exploser le consensus. Cette chose était le cri.

Cinno referme la valise. On a fouillé partout. Il sort de la chambre, m'attend.

J'imagine ce qu'était ma collaboration avec Cinno. Une forte amitié teintée d'affection non exprimée par pudeur. Mais lui non plus n'a pas douté de ma culpabilité. À ses yeux, ceux de ma mère, de ma sœur, j'étais ce fou assassin.

Je le rejoins. Il referme la porte de la chambre d'hôtel.

Nous n'habitons plus chez Cinno. Trop risqué maintenant que l'Ombre nous a repérés. Cinno a trouvé un petit appartement inoccupé dans un immeuble insalubre habité par d'autres squatteurs, des toxicos. Il est tout aussi puant que le précédent mais avec en prime des seringues usagées, éparpillées dans la montée d'escalier. Nous logeons dans une pièce d'environ huit mètres carrés, l'autre plus petite a en partie brûlé. On s'en sert comme WC, le vrai étant inutilisable. La cuisine est minuscule et délabrée.

Nous n'avons plus un centime.

Cinno est parti rejoindre son copain Georges, l'ancien flic, pour essayer de glaner quelques infos au sujet du Serpent, alias Pierre Rivière. Notre petite visite de sa chambre d'hôtel n'a pas été fructueuse. On sait qu'il a le paludisme, preuve qu'il fréquente les tropiques.

Un courant d'air glacial s'engouffre par une vitre cassée et traverse la pièce. Je m'assois par terre. Je m'emmitoufle dans mon blouson, cache mes mains sous mes aisselles pour les réchauffer. J'aime être enveloppé par le froid. J'ai le sentiment qu'il me protège, comme une coque solide, dure. Mon souffle dégage une vapeur blanche.

À force de courir sur place dans ma chambre cellule, les nuits d'hiver, la chaleur échappée de mon corps en transpiration se posait sur la vitre de la lucarne en un fin voile de buée. J'aimais y tracer des lignes, des formes, des symboles mystérieux que j'inventais. Mon langage, mon univers. Une sorte d'évasion. Parfois j'écrivais mon nom, Bastien Dibansky. Je le regardais un instant, ému, et je le faisais disparaître d'un souffle. Plus de ligne, plus de trace, plus d'histoire. Bastien Dibansky, un être éphémère.

Qui étais-je ?

Sacha, ma sœur, Cinno, Francesca. Ils ne sont plus que quatre, témoins rescapés de mon passé. Sans eux, l'ancien Bastien Dibansky n'existe plus.

Je ne supporte pas l'idée que l'Ombre possède ma bible. Je l'imagine se délectant de tous les détails de ma vie, des photos de ma mère, de ma sœur, de Sacha, de moi enfant. Et Francesca ? Je revois en pensée sa photo. Je ressens exactement le même frisson que la première fois. Mon corps vibre de plaisir à l'évocation de cette femme. D'après Cinno la photo a été prise dans la rue, au téléobjectif. Combien de temps avant qu'elle ne soit à son tour assassinée ?

Retour de Cinno.

Quand il est arrivé, j'étais assis, hagard, sur une couverture miteuse que j'avais trouvée devant l'entrée de la cave de l'immeuble. J'avais eu de nouveau le flash de réminiscence. Je me sentais assommé par cette vision inexplicable qui m'accusait. Elle était de plus en plus précise. En plus du regard terrifié de la femme, il me semblait percevoir la brillance d'une lame de couteau.

Cinno porte deux packs de bières. Où a-t-il trouvé le fric pour les acheter ? Il est débraillé, ses vêtements sont sales, il commence à puer. Il s'assoit à côté de moi. Je déteste son regard. Il est vide, sans âme. Non, Cinno je ne te laisserai pas mourir.

- J'ai du nouveau Dibansky.

Tant de lassitude dans sa voix. J'aimerais qu'il me sorte une de ses plaisanteries accompagnées de son rire tonitruant.

- Pierre Rivière n'existe pas. Ce type est un fantôme.

Cinno s'ouvre une bière. Ses doigts sont blanchis par le froid. Il a le nez qui coule. Il me regarde.

- T'aimes les contes de fée ?

Il m'énerve toujours autant à jouer le suspense, mais je suis soulagé qu'il retrouve un peu de lui-même. Il enchaîne après quelques gorgées exagérant le ton du conteur :

- Il était une fois, il y a une dizaine d'années, un type des renseignements qui a été envoyé pour une mission en Afrique, genre top secret, genre dégueulasse. Une fois là-bas il s'est lié d'amitié avec un mec du cru, un mec plein d'avenir. Il a tout quitté pour travailler pour lui, rien que pour lui. Son rôle consistait à dégager le terrain pour que son patron puisse prendre son envol. Tu comprends ?

- Fais pas chier Cinno !

- Dibansky une bonne histoire ça se savoure comme une bonne bière ! Tu devrais en prendre une !

Il me fait le coup de la soupe. Je sais qu'il ne dira plus rien tant que je n'aurai pas pris une bière. J'en ouvre une, bois une gorgée. Cinno lève sa bouteille au-dessus de sa tête.

- À Georges ! C'est son cadeau d'adieu. Faut plus compter sur lui, il estime avoir soldé sa dette. Si tu veux mon avis, il a surtout les jetons que cette affaire pourrie lui pète à la gueule.

Il sourit.

- J'ai quand même réussi à lui taper deux petits billets avant de le quitter.

Il finit sa bouteille. En ouvre une autre.

- Tu sais quoi Dibansky ? Avant de te connaître j'étais un homme bien, un bon mari, un bon père, un bon flic, et grâce à toi je suis devenu un bon con, puis un bon con alcoolique, et maintenant un bon con alcoolique mendiant. Je suis impatient de connaître la prochaine étape.

Pas moi ! J'aimerais tant qu'il n'y ait pas de prochaine étape. Cinno rote pour se relancer.

- Retour en Afrique. Le mec du cru est devenu une grosse huile, plusieurs fois ministre. Il se trouve que dans son pays, il y a d'énormes réserves de pétrole et c'est lui qui possède la clé du trésor. Toutes les compagnies du monde viennent frapper à sa porte pour obtenir des droits d'exploitation. Autant te dire qu'il a un paquet de fric et pas mal de pouvoir. Fin de l'histoire.

Cinno finit sa bière d'un trait.

- Ah, j'oubliais !

Toujours le suspense.

- L'ancien type des renseignements qui s'est barré en Afrique, c'est notre bonhomme, le Serpent.

Il fait nuit. Cinno s'est endormi. Je n'avais pas remarqué la bouteille de vodka dans la poche de son manteau. Il a bu la moitié cul sec. Méthode Cinno accélérée. Les deux billets de Georges se sont déjà envolés.

Il y a eu trois coups violents contre la porte. Je me suis levé, je l'ai ouverte. Personne.

Je me suis approché de la fenêtre. Elle était là, en bas de l'immeuble, sur le trottoir d'en face, dans la pénombre d'un recoin. L'Ombre semblait m'attendre.

J'ai pris l'arme dans la poche de Cinno.

Je dévale les escaliers, déboule dans la rue. L'Ombre n'est plus là. Je l'aperçois un peu plus loin. Je m'approche, elle s'enfuit. Elle glisse sur les murs. Je la suis, elle disparaît, réapparaît, disparaît de nouveau. Je suis à bout de souffle, mais je cours après elle. Elle me conduit à travers la ville, à travers des quartiers déserts, des ruelles sombres. Je m'enfonce dans le labyrinthe, elle est toujours là, juste devant moi. Je cours plus vite, elle aussi, si légère, si rapide. Je la vois, silhouette dessinée sur une façade, puis sur une autre. Elle entre dans une coursive d'immeuble, saute la barrière d'un petit parc public, s'enfonce dans l'obscurité. Je n'en peux plus. Je titube, prêt à m'écrouler sur l'herbe humide. L'Ombre a disparu. Je regarde autour de moi. Il fait si noir sous les voûtes des arbres. Je fais encore quelques pas, scrute les environs pour essayer de la repérer. J'arrive devant un mur, je le longe, une petite dizaine de mètres seulement. Je distingue une masse blanche étendue sur le sol. Je m'approche. Une femme. À côté de sa longue chevelure brune, ses habits soigneusement pliés, empilés. Elle est couchée sur le dos, nue, le corps couvert de sang, les jambes écartées, le sexe cousu avec un fil de cuir qui forme un 3 en 4 segments de droite comme la lettre Sigma inversée. Je m'approche encore. Une femme brune, ce n'est donc pas Francesca. Je me laisse tomber à genoux à ses côtés, je pose ma main sur sa chevelure. Des mèches plus claires apparaissent. Des mèches claires sous des cheveux noirs ! Je comprends. J'arrache la perruque brune, découvre la chevelure blonde. Francesca.

J'ai erré dans les rues. J'avais besoin de lumières, de bruits, de vie. Parfois sur les écrans géants apparaissait mon visage, pas celui de l'hôpital psychiatrique, pas celui du monstre hideux, sale et puant, pas celui de l'après monstre, ni celui qu'Anita avait dessiné à l'image de son fils, mais un autre encore. « tu es moi », « je suis toi », je suis personne, un non-être à multiples facettes. Mais c'était un autre visage qui me hantait. J'ai essayé de l'imaginer vivante, souriante. J'ai essayé d'imaginer son charme, j'ai essayé de la retrouver dans l'obscurité de ma mémoire. En vain. Seul mon corps frissonnait de désir à son souvenir. J'ai caressé sa main, là-bas dans le parc, je l'ai prise dans la mienne, je l'ai embrassée. Je l'aimais dans mon passé effacé, j'en suis sûr, je l'aimais d'un amour passionné, oui, c'est certain. J'aurais aimé pouvoir le lui dire, j'aurais aimé la prendre dans mes bras, j'aurais aimé entendre sa voix.

Je me suis allongé sur un banc. J'ai fermé les yeux. Je la voyais, là, devant moi, elle me regardait, me souriait, me parlait. Je la voyais marcher, dormir, avoir un petit mouvement de tête charmeur, quelques mimiques adorables. Je ressuscitais Francesca. Elle avait ses yeux, sa bouche, ses longs cheveux blonds, mais ce n'était pas elle, ce ne pouvait être elle puisque je n'en avais aucun souvenir. « Qu'est-ce que ça peut faire ? » aurait dit Anita. Oui, réinventer Francesca pour la faire pénétrer vivante dans ma nouvelle mémoire. Elle y sera le symbole de l'amour, de mon amour. La première pierre de ma nouvelle humanité.

J'ai froid, toujours allongé sur le banc. Il commence à faire jour. Je me lève. Je dois rejoindre Cinno.

Les rues sont désertes. Je tourne à droite, puis à gauche. J'aperçois la façade décrépie de l'immeuble, j'aperçois l'entrée avec sa porte défoncée. Cinno doit encore dormir, cuver sa saoulerie de la veille. Tout est calme, encore baigné de sommeil. Mais il y a cette voiture garée à une dizaine de mètres de l'immeuble. Une voiture trop belle, trop brillante pour ce quartier pauvre, défiguré, terne. Je pense à Cinno, là-haut, seul, endormi, sans arme, proie facile.

La fenêtre explose. Je lève les yeux. Je vois, dans le premier rayon du soleil, un corps s'envoler, entouré d'une multitude d'étoiles étincelantes. Je crois apercevoir ses ailes blanches, il regarde le ciel. Il a, il me semble, un sourire accroché au coin de sa bouche. Un ange, oui, c'est un ange. Il disparaît de ma vue. J'entends un bruit effroyable, là juste devant moi. Cinno s'est écrasé sur le toit d'une voiture en stationnement. Il a le visage en sang. Une pluie d'étoiles, bris de verre de la fenêtre, le recouvre. Deux hommes sortent de l'immeuble. Le Serpent et Zéroual. Ils montent précipitamment dans leur voiture, disparaissent. Je m'approche de Cinno. Il respire encore. Je balbutie.

- Cinno !

Il me regarde. Parle avec difficulté.

- Comment c'était Dibansky, tu m'as vu?

Je ne comprends pas.

- Le saut de l'ange, il était beau ?

- Magnifique !

Cinno ferme les yeux. Un instant de silence, si lourd. À chaque mot prononcé, il bave du sang.

- Georges, il m'a suivi, il nous a donnés…

Pourquoi ? Cinno lui avait sauvé la vie, Cinno avait confiance en lui. Pourquoi ?

Cinno a du mal à respirer. Il tourne vers moi son regard bleu. Je m'approche plus près pour entendre ses murmures.

- Ils t'attendaient… Fallait pas que tu rentres, tu comprends Dibansky ?

Je lui prends la main, il la serre. Il ajoute dans un souffle.

- Fous-les en l'air tous ces enculés !

Je sens la pression de ses doigts diminuer. Il me lâche la main.

Plusieurs voitures de flics sont arrivées des deux côtés à la fois. J'ai abandonné Cinno. Mort. J'ai couru pour ne pas me faire piéger dans la nasse qui se refermait.

J'ai marché, longtemps, jusqu'à la périphérie de la ville.

De nouveau seul.

Je souffle dans mes mains pour essayer de les réchauffer. Il fait nuit. Il fait froid. Je me suis réfugié sous un pont qui traverse le fleuve. En face, une usine crache des volutes de fumée jaune. Seul le reflet d'un réverbère fait une tache de lumière sur l'eau. Juste un rond, sorte de lune. J'ai récupéré un grand carton d'emballage. J'en ai posé la moitié sur le sol et je me protège le corps avec le reste. Une pellicule d'humidité me recouvre. Je suis gelé.

Après la mort de Cinno j'ai erré dans la ville. J'étais incapable de réfléchir, incapable de prendre une décision. Toute ma pensée était accaparée par Cinno. Je le revoyais sans cesse, le visage ensanglanté, bavant du sang. Il s'était jeté par la fenêtre pour m'avertir du danger, il s'était sacrifié pour moi. J'en ressentais une sorte de honte. Est-ce que Bastien Dibansky en valait la peine ?

Il faut que je tienne, que je lutte, je n'ai plus le droit d'échouer. Pour Anita, Cinno et tous ceux que j'aime.

De nouveau seul.

Les flics vont intensifier leur chasse, excités par le septième meurtre, celui de Francesca, attribué au Couseur, c'est-à-dire moi dans leur esprit. Moi, je sais que c'est l'Ombre. Existe-t-elle vraiment ? Peut-être que des pans entiers de ma vie m'échappent, peut-être que je sombre parfois dans une sorte d'inconscience, un no man's land du temps, où je deviens autre chose que ce que je suis. Je ne sais plus rien, le vrai, le faux, la réalité, le délire. Suis-je le Couseur ? Ou est-ce l'Ombre ? Mais qui est-elle ? « tu es moi », « je suis toi ». Tout s'embrouille dans mon esprit épuisé. Je crois que j'ai de la fièvre.

Je suis resté trois jours entiers cachés sous le pont. Je me souviens de cauchemars, d'images de mort. Je me souviens avoir gémi, pleuré, crié. Je me souviens avoir eu froid, avoir tremblé, transpiré, haleté. Et puis son visage m'est apparu, si lumineux.

Sacha ! J'avais besoin de lui.

Je ne pouvais pas l'attendre devant son immeuble. Le risque était trop grand. Les flics devaient les filer, ma sœur et lui, dans leurs moindres déplacements, persuadés que je chercherais à les contacter. Je ne devais donc pas rester statique à un endroit, ni l'approcher en un lieu peu fréquenté. Je ne savais comment faire, aucune solution ne me semblait satisfaisante.

J'ai repéré son école, dans son quartier, pas très loin de son domicile.

J'attends à une cinquantaine de mètres de la sortie. J'ai choisi le mouvement. Toute la difficulté de l'opération tient dans la synchronisation. Il faut, lorsque j'arriverai à une vingtaine de mètres du portail, que je repère Sacha pour le suivre à bonne distance, sans marquer d'arrêt comme un piéton qui sait où il va. Ensuite je m'approcherai de lui, lui parlerai tout en marchant.

J'entends la sonnerie de l'école.

J'avance d'un pas régulier, je m'approche du portail. J'essaie de l'apercevoir dans cette foule qui se presse à la sortie dans un indescriptible chahut. Les enfants crient, gesticulent, se bousculent. Je ne vois qu'une masse de bonnets colorés. Je ralentis le pas. Je ne parviens pas à le distinguer. Je ne suis plus qu'à une dizaine de mètres du portail. Toujours rien. Je ne peux pas m'arrêter, je ne dois pas m'arrêter, je sais que quelque part un flic guette. Peut-être cet homme là-bas avec son chien, ou cette femme qui téléphone sur le trottoir d'en face ou encore ce couple qui attend un peu plus loin, l'air amoureux. Le danger est partout, imprévisible, prêt à bondir. Encore quelques mètres, toujours pas de Sacha. C'est raté ! Surtout ne pas me retourner, ne faire aucun geste qui pourrait attirer l'attention. Je m'éloigne.

Un gamin me dépasse en courant, puis un autre qui le suit et un troisième qui les rattrape. Je reconnais Sacha sous un bonnet bleu. Tous trois marchent en direction du boulevard. En passant devant une vitrine j'aperçois dans le reflet, juste derrière moi, l'homme au chien. C'est donc lui, le flic chargé de surveiller Sacha. J'accélère le pas pour me rapprocher des enfants. L'un d'eux bifurque dans une rue perpendiculaire, les deux autres s'engagent sur le boulevard. Il y a du monde, un bon point pour moi. Je m'approche encore. Un petit signe de la main en direction de Sacha et le second copain disparaît dans un immeuble. Sacha est seul. C'est maintenant que je dois intervenir. J'accélère encore pour m'approcher au plus près. Je suis juste derrière lui. Il faut que je lui parle. Je respire profondément, avale une grande bouffée d'air, une fois, deux fois, trois fois. Non. Je ne peux pas. Je n'arrive pas à prononcer une parole. J'ai peur de sa réaction. J'ai peur qu'il se mette à hurler en me découvrant, à paniquer devant la bête, devant le monstre. Bien sûr qu'il va réagir ainsi. À ses yeux je suis le tueur de femmes, le fou pervers. Je m'arrête, tétanisé. Je le regarde s'éloigner. Mais j'ai tant besoin de lui. Je le rattrape. Sacha, je t'en prie ! Ne me repousse pas ! Je me lance.

- Sacha, c'est moi Bastien. Surtout ne te retourne pas, continue à marcher.

Je ne sais pas s'il obtempère ou s'il ne m'a pas entendu.

- Il faut que je te parle.

Le feu piéton passe au rouge. Sacha attend sagement avant de traverser. L'homme au chien est maintenant à notre hauteur. J'ai l'impression qu'il ne cesse de me regarder. J'hésite à fuir. Je commence à sentir le tremblement de mes mains. Sacha fait un pas de côté, sur sa droite, pour se rapprocher de moi. Il se tourne légèrement de manière à se cacher du flic. Il me chuchote :

- La cour derrière mon immeuble.

J'entre dans l'immeuble adossé à celui de Sacha. Je gagne le fond du couloir, passe la porte qui donne sur une petite cour. J'aperçois des mains qui agrippent l'arête du mur mitoyen, puis un bonnet bleu. Sacha émerge. Je suis fier de lui, il a parfaitement manœuvré. L'homme au chien, le flic, le voyant pénétrer dans son immeuble comme chaque jour, restera à l'extérieur pour surveiller. Sacha bascule son corps dans le vide pour atteindre un container à ordures, lâche sa prise. En deux bonds il se réceptionne sur le sol. Il le fait avec tant de facilité, tant de légèreté. Il se tourne vers moi. Son regard dans le mien. Un instant qui me semble une éternité. Que pense-t-il ? J'ai peur de sa réaction, j'ai peur de ce qu'il va me dire. Il s'approche, tout près, ne quitte pas mon regard. Il me prend la main. Le contact de sa peau, si chaude, sur ma peau. Je m'agenouille, le serre dans mes bras. Il passe son bras autour de mon cou. Il me dit :

- Je savais que tu viendrais.

On est restés plusieurs minutes ainsi, dans les bras l'un de l'autre. Je lui ai demandé si sa mère allait bien. Il a acquiescé.

- Elle a peur pour toi.

Je lui ai fait promettre de ne rien dire. Il a levé sa main.

- Je te le jure.

Il a ajouté :

- C'est pas toi, je le sais !

Je ne pouvais plus parler. L'émotion, là, coincée dans ma gorge. Cinno avait tort. Il y avait quelqu'un pour crier mon innocence, quelqu'un pour dire non, c'est impossible, Bastien Dibansky ne peut être un assassin. Quelqu'un âgé de cinq ans au moment des faits, quelqu'un qui n'a jamais douté de moi, quelqu'un qui n'a pas raisonné, quelqu'un qui n'a écouté que son amour pour moi.

On s'est donné rendez-vous pour le lendemain dans un autre lieu, moins risqué. Il m'a dit de ne pas m'inquiéter, qu'il était surveillé mais qu'il trouverait un moyen. Je lui ai dit de faire attention, qu'un homme peut-être chercherait à lui faire du mal, je lui ai dit de ne faire confiance à personne. Je l'ai serré une nouvelle fois dans mes bras et je suis parti.

Sous le pont.

Sacha m'a redonné espoir, il m'a donné sa force de vie, la certitude au fond de moi que l'ancien Bastien Dibansky n'est pas un monstre. Je ressens le besoin d'aimer cet être du passé, moi-même, cet être qui m'est aujourd'hui inconnu, cet être que j'ai tant haï du fond de ma cellule, du fond de ma folie. Je veux qu'il revienne au grand jour, sur le devant de la scène, je veux le protéger, le consoler de cette injustice qui l'a détruit, qui l'a banni du reste de l'humanité.

Prouver l'innocence de Bastien Dibansky pour que je puisse redevenir lui.

Il faut que j'aille plus vite que le Couseur, il faut que j'aille plus vite que le Serpent et Zéroual, il faut que j'aille plus vite que les flics.

Zéroual.

Je me dirige vers son domicile. Toujours cette intuition qu'il cache quelque chose, chez lui, par précaution, pour se couvrir au cas où les événements prendraient une tournure menaçante à son égard.

À droite, puis à gauche.

Mon regard glisse sur les unes des journaux affichés dans les kiosques. En gros titre, le septième meurtre du

Couseur évadé depuis cinq mois. Je m'arrête un instant. L'article parle de Francesca, la nouvelle victime de cet être sans pitié. À côté, une photo d'elle, vivante, belle, et plusieurs des miennes, clochard, Hells Angel et d'autres encore. En dessous, un entrefilet encadré. Je lis rapidement les mots, collègue, déchéance, alcoolique, suicide. Seulement quatre mots pour résumer Cinno.

Je reprends ma marche. J'enrage. Là encore, la vérité assassinée.

J'arrive au pied de l'immeuble de Zéroual. J'entre. Deuxième étage. Je sors l'arme de ma poche. Un bref coup de sonnette. Puis un second plus long. Aucun mouvement, Zéroual est absent. J'ai toujours son trousseau de clés, mais aucune ne peut pénétrer dans la serrure, elle a été changée.

Plus le temps de penser, plus le temps d'hésiter. Je tire dans la serrure, une fois. Le bruit sec envahit la montée d'escalier, résonne. Je tire une seconde fois. J'ouvre la porte. Je m'accorde deux minutes, pas une de plus. J'entre. Tout est en ordre, rangé comme si rien ne s'était passé, comme si la tornade Cinno n'avait pas bouleversé le paysage quelques jours plus tôt. Inutile de fouiller cette fois, je dois ressentir, renifler l'endroit où Zéroual cache ses secrets. Mon regard fait le tour de la pièce. Rien au mur, un ameublement réduit au strict minimum, un buffet, une table basse avec un cendrier plein à ras bord de mégots, une étagère où reposent quelques babioles. Je passe dans la chambre, la salle de bains, les chiottes. Rien n'arrête mon regard, rien n'attire mon attention. J'entre dans la cuisine. De la vaisselle sur l'évier, une horloge, une corbeille à fruits sur une petite table. À droite de la fenêtre, accrochée au mur, une grosse cigale, hideuse, en plâtre peint. Sur le bas de l'insecte est inscrit le nom d'un patelin du sud. J'imagine mal Zéroual en vacances, au soleil, dans la chaleur, la clarté lumineuse, lui l'habitué des arrière-salles de jeu sombres et enfumées. Peut-être le cadeau d'un proche, ramené d'un voyage. La cigale ! Un objet de décoration qui ne colle pas avec le reste, qui ne colle pas avec Zéroual. Je la prends, la retourne, tête en bas, la secoue, elle crache une longue clé de cave.

Je pénètre dans le sous-sol de l'immeuble. Un couloir mal éclairé se divise en plusieurs parties. Je commence par les caves du fond. J'essaie la clé dans une première serrure, au hasard, puis une autre, et encore une autre. Ce n'est qu'à la sixième qu'elle tourne. Je pousse la porte. Il fait encore plus sombre. Quelques cartons par terre, quelques bouteilles sur une étagère, des morceaux de planches, divers objets çà et là, abandonnés. Je déplace les cartons pour dégager le sol en béton. Pas de cache, pas de trou, que de la poussière. C'est pourtant ici, je le sens. Je passe mes mains le long des murs légèrement humides. Je tâtonne, à gauche, à droite, en bas. Dans un coin, à mi-hauteur, une brique tremble, elle est descellée. Je glisse mes ongles dans la jointure, tire. La brique tombe. Je découvre dans le trou, tassé au fond, un sac plastique. Je l'extirpe de sa cache. L'ouvre. À l'intérieur un téléphone portable et plusieurs feuilles de papier pliées. Sur la première page, une phrase manuscrite, écrite en gros, soulignée. Je lis : *Affaire le Couseur.* Sur la seconde : *Premier crime, une pute, Nona, Zoé Molina de son vrai nom...*

J'entends un bruit derrière moi. Je me retourne. Il est là, dans l'encadrement de la porte. Un léger trait de lumière éclaire son visage. Zéroual me braque avec son arme, le canon dirigé vers ma tête. Je vois sa main se crisper sur la crosse. Il va tirer.

Une première détonation retentit, résonne un instant dans le couloir de la cave, se perd dans le labyrinthe. Un joueur de poker aurait dû se méfier des tricheurs, de ceux qui planquent des cartes dans leurs manches ou qui ont une main enfouie dans une poche de leur manteau. Je tire une nouvelle fois, la dernière balle. Zéroual s'affaisse, d'abord sur les genoux, puis s'écroule sur le sol. Un léger nuage de poussière noire tourbillonne. Je pense à Cinno, à ses dernières paroles, lorsqu'il me demandait de les foutre en l'air, en précisant dans un dernier souffle « tous ces enculés ». En voilà déjà un Cinno, un qui a payé.

J'enjambe le corps de Zéroual, avance de quelques mètres dans le couloir du sous-sol. Je m'arrête, reviens sur mes pas. Je veux signer mon œuvre, une dédicace offerte à Cinno. Je sors ma main de ma poche, celle qui tenait l'arme cachée, celle qui a pressé la gâchette devançant Zéroual. Je prends un morceau de plâtre tombé d'un mur et je dessine sur le bois de la porte un 3 en 4 segments de droite comme la lettre grecque Sigma inversée. J'espère que l'âme de Zéroual, lui qui a été chargé de me faire passer pour le Couseur et de me tuer, appréciera l'ironie.

Les flics ont débarqué dans le quartier, sirènes hurlantes, au moment où je sortais de l'immeuble. J'ai tourné dans une rue, puis une autre et encore une autre. Je me suis mis à courir.

Plus vite, plus vite !

Sous le pont.

Je pense à Cinno. Il me manque.

Je m'assois par terre, dans le faible rayon de lumière qui provient du lampadaire situé en haut du quai. La température a chuté, il neige. J'ai trouvé au hasard d'une rue un petit tapis usé, jeté sur le trottoir. Je m'en sers comme couverture que j'enroule autour de mes épaules. Je retire les feuilles du sac plastique récupéré dans la cave de Zéroual. Je parcours rapidement le manuscrit. Ce sont des notes écrites dans un style télégraphique.

Lorsque Cinno a repris l'enquête, après mon procès, avant sa déchéance, il a cherché mes notes personnelles que je ne manquais pas d'établir pour chaque affaire. Il n'a pas trouvé celles concernant le Couseur, ce qui l'a intrigué un peu plus. Elles sont là, dans mes mains, mon écriture n'a pas changé, mémoire du corps. Zéroual, lui, les a trouvées, sans doute à mon domicile après m'avoir tiré une balle dans la tête.

Les quatre premières pages concernent les trois premiers meurtres. Rien de très intéressant. Quelques remarques sur le mode opératoire du Couseur, quelques schémas, des questions, des hypothèses. J'étais alors dans un brouillard total, je me perdais dans cette enquête.

Je poursuis ma lecture.

« Premier coup de fil à mon domicile, pas un mot, juste une respiration. Second coup de fil, le Couseur m'a parlé. Il sait tout sur moi, mon passé, mon présent. (Comment peut-il savoir ?) Se sent proche de moi. M'appelle mon frère de sang. Prochain meurtre imminent. Lui donner mon numéro de portable ?»

Je tourne la page.

« Calme, serein, parle de ses victimes avec compassion, se dit obligé d'agir ainsi, de tuer, soulagement pour lui, délivrance. Quelques mots sur sa mère. Pourquoi ? Allusion à l'Afrique. Pourquoi ? À creuser. Ne cherche pas à faire souffrir ses victimes, pas de jouissance sadique. »

Sur la page suivante je parle du cinquième meurtre, celui de Camille Desprè. Nouveau schéma de la scène de crime et à côté : *« Trouvé un portable devant ma porte».*

Je prends le téléphone portable dans le sac plastique, le manipule pour le mettre en marche. Il ne s'allume pas. La batterie doit être HS.

Je reviens au manuscrit : *« Nouveau coup de fil. Dit qu'il est persuadé que je le comprends, que je devrais l'aider plutôt que de le traquer, que j'ai besoin aussi de tuer pour vivre, que tout est inscrit si profond à l'intérieur de nous. M'a envoyé quelques photos de moi prises dans la rue. M'espionne ».* Puis : *« Nouvelle photo. Celle d'un homme que je ne connais pas, non identifié, avec un commentaire : « Il va te tuer ! »* Je m'arrête longuement sur la dernière phrase de la page. *« Rencontre avec un membre de l'espionnage. A reconnu l'homme de la photo, Grégory Heller, ancien agent secret, spécialiste des sales besognes, n'est jamais revenu de mission en Afrique. Terrain miné, danger ».*

Le Serpent s'appelle donc Grégory Heller. Je comprends mieux pourquoi Zéroual a gardé précieusement ce document. Valier suicidé, Zanakian et sa femme victimes d'un accident de la route qui ressemble à un assassinat. Le Serpent a fait le ménage, pas question de laisser des témoins de l'affaire. Je me souviens du dernier regard du neurochirurgien à la fenêtre de son bureau. J'avais eu le sentiment qu'il attendait quelque chose de moi. Quoi ? Que je le venge lui et sa femme ? Zéroual, lui, a su se protéger. Mes notes dans lesquelles je cite Grégory Heller sont devenues son assurance vie.

Sur la dernière page, j'ai dessiné un portrait-robot. Le visage fin d'un jeune homme d'une vingtaine d'années. Dessous j'ai inscrit, « *Le Couseur* ». Je l'aurais donc vu, peut-être rencontré ? Je précise dans une note qu'il est métis. Métis ! Comme le surveillant de l'hôpital complice de mon évasion. Un sentiment de panique m'envahit. Il a tout prévu, tout calculé. À l'intérieur de moi, son âme, cachée dans les tréfonds de mon corps. À l'extérieur, il me manipule comme une marionnette. Il prend possession de moi, de tout mon être, de tout mon non-être, de ma vie. Je ne m'appartiens plus. Où est-il en ce moment ? Que prépare-t-il ? Que veut-il de moi ?

Je ne veux pas aller au rendez-vous avec Sacha dans mon état sale et puant. Je ne veux pas qu'il ait honte de moi.

Je prends un peu d'eau du fleuve, dans une cuvette que j'ai trouvée coincée avec d'autres détritus dans un angle du quai. Je la fais couler le long de mon corps nu. Elle est glaciale. Je me frictionne les aisselles, le sexe, les fesses, les pieds. Nouvelle gerbe d'eau déversée. J'ai les lèvres qui tremblent, la respiration coupée par le froid. Je me sèche avec le tapis, j'enfile le pantalon, le polo, le manteau. Je ne remets pas mes chaussettes trempées qui dégagent une odeur insupportable.

Il fallait que je trouve un endroit sûr pour cacher le manuscrit. Je l'ai enveloppé dans le sac plastique que j'ai bien fermé pour qu'il soit étanche et que j'ai solidement attaché à un anneau d'amarrage du quai. Je l'ai lesté avec des pierres et je l'ai jeté dans l'eau. Il a coulé, a disparu dans la noirceur du fleuve.

À droite, puis à gauche et de nouveau à droite.

Je n'ai pas mangé depuis plusieurs jours, parfois la tête me tourne. J'ai récupéré un journal dans une poubelle. On y parle de Zéroual, du 3 dessiné sur la porte de la cave. En titre : « La Vengeance du Couseur ».

J'arrive devant l'entrée du square où Sacha m'a donné rendez-vous. Je pousse le petit portail et entre. Un gosse joue dans le bac à sable, sa mère, assise un peu plus loin, lit un magazine. Encore plus loin, un cantonnier balaie une allée. Dernier tour d'horizon. L'endroit me semble sûr. J'aperçois un banc un peu en retrait, à côté d'une rangée d'arbustes. Je m'y installe. J'attends.

Sacha arrive au bout d'une dizaine de minutes. Il m'aperçoit, s'approche avec sa démarche légèrement déhanchée. Je lui tends la main pour qu'il la cogne, comme de vrais potes. Il s'assoit à côté de moi. J'observe une nouvelle fois les alentours pour m'assurer qu'il n'y a aucun danger, que Sacha n'a pas été suivi. Il me dit :

- T'inquiète, j'ai semé le flic.

Il ouvre son sac.

- J'ai quelque chose pour toi.

Il sort un sandwich, long, épais. Me le tend. Je n'ai qu'une envie, l'avaler d'un trait. J'ai si faim. Ne pas lui montrer que je suis au bout du rouleau. Rester digne au fond de ma souffrance.

- Je le mangerai plus tard.

Il s'assoit à côté de moi, pose sa main sur mon bras.

- Qu'est-ce que tu vas faire ?

Je n'en sais rien, Sacha, vraiment rien. Je lui demande :

- Tu veux m'aider ?

Son regard brille.

- Tout ce que tu veux.

Je sors de ma poche le portable trouvé chez Zéroual, le lui tends, lui explique qu'il ne marche pas, la batterie sans doute. Il le prend.

- Je me débrouillerai.

Je lui demande aussi d'aller sur le site des « Mères de motards qui souffrent dans leur chair », le site de toutes ces femmes disséminées aux quatre coins du monde et de leur envoyer un message signé Anita. Un message pour savoir s'il y a eu des crimes en Afrique comme ceux du Couseur. J'ai quelque réticence à lui parler du 3 qui ferme le sexe des victimes, mais c'est l'élément remarquable, la signature. Il comprend ma gêne, il m'interrompt.

- T'inquiète, j'ai compris !

Je lui dis qu'il doit agir vite, que je n'ai pas beaucoup de temps devant moi. Il me rassure, me donne rendez-vous pour le soir même. Puis son regard se pose sur le tourniquet à côté du bac à sable. Je me souviens du témoignage de ma sœur dans le dossier, du passage où elle relatait l'amour qui nous liait Sacha et moi. Je l'accompagnais au square, jouais avec lui.

Je fais un signe de tête en direction du tourniquet.

- On y va ?

Il comprend immédiatement, me répond :

- Tu te souviens ?

Je lui mens, je lui dis que oui. Comment lui expliquer que tous mes souvenirs sont puisés dans ma bible, des souvenirs restitués par d'autres, peut-être vrais, peut-être

151

faux, sûrement déformés. Comment lui expliquer que je n'ai plus de libre arbitre sur mon passé, que je ne peux jamais être sûr de la véracité des faits, de leur interprétation.

Il se lève, court vers le tourniquet, monte dessus. Je le fais tourner. Il rit, penche la tête en arrière, crie :

- Plus vite ! Plus vite !

Hôtel Le Boston.

Après Zéroual, le Serpent.

Je guette l'entrée de l'hôtel. Dans ma poche, le revolver. Je n'ai plus de balles, mais qu'importe il peut faire illusion. Braquer le Serpent, le forcer à cracher la vérité. Un plan à la Cinno.

Je récapitule les faits. Un tueur en série, cinq meurtres, deux flics pour enquêter, Cinno et moi. Deux autres flics qui travaillent en parallèle, deux autres flics soudoyés qui ne cherchent pas à confondre l'assassin mais à le protéger. Combien ont-ils été payés pour me faire autant de mal ? Je me rapproche de la vérité, je deviens dangereux. Les deux flics manipulent l'enquête pour m'accuser. Ils ont ordre de me liquider. Celui qui dirige les opérations est un ancien agent secret, devenu mercenaire, le bras armé d'un ministre africain richissime. Un des flics me tue d'une balle de 9 mm dans la tête. Je suis ressuscité par un neurochirurgien qui me rend amnésique pour sauver sa femme. Condamnation à perpétuité dans un asile-prison. Et vient le cri. Reste l'Ombre, l'assassin, le Couseur. Quel lien a-t-il avec l'Afrique, lui qui est métis, quel lien a-t-il avec le ministre africain ? Je devais le traquer sans relâche, moi l'obsédé de la vérité, moi qui ne pouvais accepter qu'un coupable s'en tire comme s'en était tiré l'assassin de mon père. Je l'ai vu lors de l'enquête. Pourquoi ne l'ai-je pas arrêté ?

Je patiente depuis plus de trois heures. Personne. Je suis à bout de force. Peut-être que le Serpent a quitté l'hôtel, peut-être que j'attends pour rien ? Ne pas perdre de temps. Trouver la vérité avant d'être capturé, avant d'être tué. La vraie vérité qui effacera l'autre inventée de toute pièce. Je la sens si proche, je la désire. J'en ai de plus en plus peur.

Prendre des risques.

J'entre dans l'hôtel. Me dirige vers l'accueil. La même jeune femme que la dernière fois me regarde avec anxiété m'approcher d'elle. Sur le comptoir, le journal, avec en première page une de mes photos. Elle blêmit, se crispe. Elle ne sait pas comment réagir, n'ose pas décrocher son téléphone pour appeler de l'aide. Elle fait semblant de ne pas me reconnaître, je fais semblant de la voir pour la première fois. On a tous les deux peur de la réaction de l'autre. Je lui demande si l'homme qui loue la chambre 22 est dans sa chambre. Elle consulte son registre, fait mine de découvrir son nom.

- Monsieur Pierre Rivière ?

J'acquiesce. Oui Pierre Rivière, alias le Serpent, alias l'homme des coups tordus, alias le mercenaire, alias le porte flingue d'un ministre africain, alias Grégory Heller. Celui qui a définitivement choisi le camp du mal, signé avec le diable. J'entends Cinno me murmurer à l'oreille :

- Un beau salaud, taillé d'une seule pièce, comme je les aime.

La jeune femme lève les yeux vers moi, sa lèvre inférieure tremble légèrement.

- Il n'est pas rentré depuis deux jours.

J'insiste du regard. Elle ajoute.

- Ses affaires sont toujours là.

Je m'efforce de lui sourire pour apaiser son angoisse, je la remercie, je m'en vais.

Je sens son regard sur ma nuque. Une fois passé la porte, elle donnera l'alerte. Je le sais.

À gauche, à droite.

Je marche d'un pas rapide. J'entends déjà une sirène de voiture de flics qui se rapproche, puis une autre à l'opposé. La meute arrive.

Encore deux heures avant de revoir Sacha. Je ne sais plus quoi faire, je ne sais plus où aller, plus de piste, plus de plan. Le Serpent a donc disparu. Il doit se cacher, prêt à bondir, à mordre, à cracher son venin. Et l'Ombre ? Elle a perdu ma trace et moi la sienne. Reste les flics qui me cherchent, qui tissent leur toile pour me capturer. J'ai tant d'ennemis ! Je me sens emporté par un violent courant, le temps qui se précipite, la fin qui approche. Mes pensées tourbillonnent dans ma tête. Le mouvement, toujours le mouvement, jusqu'au vertige.

Il est là, il m'attend, au même endroit, dans le petit square. Il m'illumine de son sourire. On se frappe les mains, comme la première fois. Il me dit :

- Regarde !

Il sort une boîte de son sac. Me la montre. Un flot d'émotions me submerge. D'où viennent-elles ? Sur le couvercle, une reproduction de peinture. Un ange qui enlace un homme mort pour l'emporter avec lui là-haut, vers la lumière. L'image qui avait surgi dans mon esprit alors que j'agonisais dans les escaliers de l'immeuble de

Cinno. Cette impression de douceur, de sérénité. Sacha perçoit mon émotion. Il me tend la boîte, je la prends.

- Ouvre-là !

À l'intérieur, des bonbons.

- Tu te souviens pas ?

Je ne sais pas quoi répondre. Le souvenir est là quelque part en moi, il me bouleverse, mais je ne parviens pas à visualiser quoi que ce soit. Je ne sais pas à quoi rattacher cette boîte mais je sens qu'elle fait partie de ma vie.

- Ma mère m'a dit que votre père y mettait des bonbons.

Je détourne le regard pour cacher mes larmes. Sacha pose sa main sur la mienne.

- Je te la donne.

Il s'assoit à côté de moi.

- J'ai autre chose pour toi.

Il sort le téléphone portable de son sac, me le tend.

- Il marche.

Il me donne aussi plusieurs feuilles de papier imprimées.

- J'ai fait ce que tu m'as dit, une dame d'Afrique m'a envoyé des articles de journaux par internet.

Je regarde brièvement. Les titres parlent du meurtre d'une femme blanche. Je les replie, je les lirai plus tard. Je passe mon bras autour du cou de Sacha. Je le remercie pour tout ce qu'il fait pour moi, je lui dis qu'il est mon héros. Il est fier.

- Tu sais, je peux encore t'aider si t'as besoin.

Je lui réponds que ce ne sera pas utile, qu'il est préférable de ne plus se voir, que c'est trop dangereux. Il baisse la tête, déçu. Après un instant de silence, il se redresse, me regarde droit dans les yeux.

- Quand tout sera fini, tu reviendras me voir ?
Je le serre dans mes bras.

Sous le pont.

Je m'installe sur les cartons que j'ai étendus sur le pavé. Je regarde de nouveau le couvercle de la boîte à bonbons, la reproduction de peinture. Elle me procure toujours une puissante émotion. Cette boîte appartenait à mon père, peut-être le seul objet qui nous soit resté de lui. Je l'imagine nous appelant ma sœur et moi pour qu'on le rejoigne dans son cabinet médical, je l'imagine ouvrant la boîte comme un coffre à trésors. Un instant de complicité, d'amour. D'après ma sœur, d'après son témoignage dans le dossier, mon père était un homme doux, affectueux. Toute son âme est là, contenue dans cette boîte. Je n'aurais pas dû la prendre, j'aurais dû la laisser à Sacha en souvenir de son grand-père, en souvenir de moi. Elle est notre mémoire. Une simple boîte pleine de bonbons, pleine de vie, de rires, de joie, d'attentes impatientes, de regards d'enfant. Mon enfance, ils me l'ont volée. Je ne suis rien, je ne serai jamais rien sans elle.

Je pose la boîte à côté de moi, prends le portable. Je l'allume. À force de le manipuler je tombe sur une vidéo enregistrée. Les images sont floues, confuses, bougent dans tous les sens. Il en émane une extrême violence. Une femme avec de longs cheveux bruns qui fouettent l'air, se débat, lutte, crie. Par instant, je perçois la lame brillante d'un couteau. Et puis l'image se stabilise. La femme ne se débat plus, ne lutte plus. Je vois la vie s'échapper de son corps, je vois son regard terrorisé.

L'image rescapée de ma mémoire, celle qui m'a fait douter de mon innocence, le regard terrorisé de la cinquième victime. Elle est là, sous mes yeux, filmée par le Couseur. Il a voulu me faire participer, me faire complice de son crime. « tu es moi ».

Je lis les articles que Sacha m'a donnés.

Ils relatent un fait divers qui a eu lieu il y a plus de vingt ans, en Afrique centrale. Une espèce de gourou complètement cinglé et ses disciples avaient assassiné une femme blanche, persuadés que des démons se cachaient dans son corps. Le meurtre avait été suivi de rituels. L'un d'eux avait consisté à coudre le sexe de la femme, *post mortem*, pour que les démons ne puissent plus en sortir, avec un fil qui dessinait une sorte de 3 en 4 segments de droite comme la lettre Sigma inversée.

Un des articles traite du dénouement de l'affaire. Le gourou a été tué lors de son arrestation. Quatre disciples ont été exécutés après avoir été jugés, deux ont pu s'enfuir.

La femme assassinée était l'épouse d'un homme d'affaires africain. Sur une photo, son corps blanc couvert de sang. Il y a eu un témoin de la scène. Un enfant de cinq ans épargné par les assassins. L'enfant de la femme blanche aux longs cheveux bruns et de l'homme noir.

Je la tiens cette vérité tant espérée. Tous les éléments du puzzle réunis la dessinent nette et précise. Je me raconte à voix haute l'histoire de Bastien Dibansky. D'un côté un petit flic qui ne lâche jamais une enquête, un petit flic devenu dangereux parce que trop proche de la vérité, un petit flic qu'il fallait éliminer. De l'autre, Gregory Heller, un mercenaire aux ordres d'un ministre africain qui a une immense fortune. Un ancien homme

157

d'affaires qui a perdu sa femme blanche une vingtaine d'années auparavant, assassinée par les membres fous d'une secte.

Reste le Couseur ! Qui est-il pour reproduire le rituel d'une secte ? Qui est-il pour ne tuer que des femmes blanches aux longs cheveux bruns ? Un enfant métis qui a assisté au meurtre de sa mère, un enfant qui avait cinq ans au moment des faits. Traumatisme lié au sang, à la violence, au sexe : psychopathe. Lui et moi, une histoire si proche, « tu es moi », « je suis toi ». Oui, nous sommes frères du sang versé sous nos yeux, frère de la violence des hommes, frère de l'enfance déchirée, cassée, détruite, frère de l'amour frustré par la disparition d'un être cher assassiné devant nous. Il a raison. J'aurais pu être lui, j'aurais pu devenir moi aussi un tueur, tous les experts l'ont dit dans mon dossier judiciaire, ma bible. Cinno l'a dit dans son témoignage que j'aimais passer de l'autre côté de la ligne, attiré par les ombres du mal, que j'aimais devenir ceux que je traquais, que j'avais la fascination du crime. Ma mère, ma sœur ont eu peur que je bascule dans cette folie meurtrière. Mais je ne suis pas devenu cet assassin. J'aimais la vie, Sacha, j'aimais l'amour, Francesca. Je n'éprouvais pas ce besoin de tuer. Lui, oui. Il est mon ombre, mon double maudit, l'expression de ma partie malfaisante, la partie de moi-même que j'ai vaincue. Comment ? Je n'en sais rien. Ils ont voulu que j'endosse ses crimes pour le sauver lui, ils m'ont tué pour que je devienne lui. Et je le suis devenu pendant cinq ans, cinq ans enfermés dans un asile psychiatrique prison, cinq ans dans la peau d'un fou assassin à l'état de non-être, cinq ans de souffrance qui auraient duré une éternité si quelque chose dans mon corps n'avait résonné, quelque chose du véritable moi, quelque chose qui a hurlé de désespoir pour se faire entendre.

Je tremble, je transpire, je suis en feu. Ils ont voulu le sauver, lui l'assassin, le fils d'un homme puissant, et me perdre, moi, son *alter ego,* innocent.

Je m'écroule, épuisé.

Lorsque je me suis réveillé, l'aube se levait. J'ai mangé les bonbons contenus dans la boîte que Sacha m'a donnée. Je me sentais l'âme d'un enfant, libre de ma vie passée, libre de toutes mes angoisses. Je me sentais plein d'énergie, prêt à affronter le monde, prêt à prouver l'innocence de Bastien Dibansky pour le réhabiliter, lui redonner son humanité.

Je me suis levé, me suis approché du bord du quai. J'ai tiré sur la ficelle pour remonter le sac plastique plongé dans le fleuve. Je l'ai déplié.

À gauche, puis à droite. Plus de souffle, plus de force, mais je cours, cours, cours…

Le sac plastique ne contenait plus que les pierres pour le lester. L'Ombre a retrouvé ma trace. Elle est venue rôder pendant mon absence sur mon campement de fortune, a trouvé mes notes cachées dans l'eau du fleuve, me les a volées, comme le dossier, ma bible. Elle me prend tout, Anita, Francesca, mon âme, tout ce que j'ai, tout ce que je suis.

Sacha !

Je prends la rue à gauche, celle qui monte. Je trébuche, me relève, reprends ma course. L'Ombre m'a retrouvé. Comment ? Sacha ! Je ne vois pas d'autre explication. Il avait semé le flic qui le filait pour me rejoindre au square mais ne s'était pas méfié de l'Ombre. Elle l'a suivi, puis m'a suivi, moi, jusqu'au pont.

J'arrive devant l'immeuble de Sacha. J'aperçois des éclairs lumineux bleutés qui rebondissent sur la façade. Beaucoup d'agitation, de va-et-vient. De petits groupes d'hommes entrent et sortent. Des flics. Je perçois dans ma chair l'atmosphère du drame. Je lève les yeux vers une fenêtre éclairée. Ma sœur est là, elle attend.

Je suis anéanti. Je m'assois sur un banc à quelques dizaines de mètres de l'immeuble, hors de portée des caméras qui surveillent l'entrée, les yeux rivés sur la fenêtre éclairée derrière laquelle ma sœur guette le retour de son fils. J'imagine son angoisse, sa peur du dénouement tragique. Sacha entre les mains de l'Ombre. Sa fragilité d'enfant livrée à l'assassin, à cause de moi.

L'Ombre ! Elle va chercher à me joindre. Je le sais !

Retour sous le pont.

Sur le carton qui me sert de couche, le 3 dessiné à la bombe de peinture. À côté, un papier blanc coincé sous une pierre. Je le prends. Lis l'adresse inscrite dessus.

J'ai traversé toute la ville, je suis arrivé dans un quartier résidentiel composé de maisons alignées. Je me suis arrêté devant le numéro 6. J'ai sonné à l'interphone équipé d'une caméra. Le portail du jardin s'est ouvert. J'ai marché jusqu'à la porte d'entrée. Je l'ai poussée, elle n'était pas fermée. Je suis entré.

Je pénètre dans ce qui devait être le salon, une grande pièce entièrement vide. De l'autre côté du couloir, la cuisine. Vide également, il y a juste un évier dont le robinet goutte. Je monte l'escalier qui conduit au premier étage, entre dans la première chambre. Pas un meuble. Idem pour la seconde. Je remarque une petite porte sous l'escalier qui conduit au second étage. Je m'approche. L'ouvre.

Une flaque de sang. Je sens un frisson de terreur parcourir mon corps. Je ferme les yeux. Une image m'apparaît, une longue traînée rouge comme de la bave d'escargot. Une image fugace, presque imperceptible, une image échappée de ma mémoire détruite, une image de cauchemar. J'ouvre les yeux, découvre son corps suspendu par une corde fixée à un crochet. Il a plusieurs plaies, une au foie, l'autre intercostale, la troisième au niveau du ventre, lobe supérieur de l'estomac. Sa tête pend sur sa poitrine. Je la redresse, délicatement, pour mieux voir son visage. Cinno aurait été satisfait de le voir ainsi, à l'état de pantin. Que d'ironie pour un manipulateur, un homme des coups tordus, un salaud. Je referme la porte du cagibi. Le Serpent ne mordra plus.

Je grimpe à l'étage supérieur, pousse la porte du grenier. J'entre.

Quelques secondes pour que ma vision s'habitue à la pénombre. Il est là. Je le vois, assis en tailleur sur un coussin. Il m'observe. Devant lui une carafe d'eau et deux verres. Il est jeune, vingt-cinq ans peut-être. Je me souviens de lui, gardien à l'hôpital psychiatrique, grand, mince, léger. Je le croyais stupide, je le croyais nerveux. Il ne faisait que jouer la comédie. Il a un regard doux qui exprime la bonté. Il me sourit. Ses dents blanches contrastent avec sa peau mate, il est beau. Il me fait un signe de la main pour m'inviter à m'asseoir sur un autre coussin posé sur le sol.

Je me retiens de me ruer sur lui, de le battre à coups de poing, de pied, de torturer sa chair pour qu'il crache l'endroit où il séquestre Sacha. Il devine ce que je ressens, me rassure de sa voix douce et monotone, me dit que l'enfant est en sécurité, pas ici, ailleurs, qu'il ne lui a fait aucun mal. J'exige de le voir. Il me répète de ne pas m'inquiéter, que je le verrai plus tard quand j'aurai rempli ma mission. Il est heureux de cette rencontre, il l'attendait depuis si longtemps. Il me demande si je me souviens de la première fois. Puis se reprend, non bien sûr, l'amnésie ! Il raconte. C'était il y a six ans, après sa quatrième victime. Il me connaissait déjà bien. Il avait recueilli de nombreux renseignements sur moi. Il avait découvert qu'enfant j'avais été témoin du meurtre de mon père. Il en a été ému, s'est senti proche de moi, en communion. Il savait ce que j'avais ressenti, à la fois ce trouble, cette incompréhension et cette fascination pour cette couleur rouge qui couvrait le corps de mon père. Lui aussi avait connu ce goût bizarre, goût du sang, si tenace, qui avait dû envahir ma bouche. Il savait que je m'étais mis à trembler de tous mes membres, que mes dents subitement s'étaient mises à claquer. Il l'avait vécu cet état de panique, cette paralysie devant l'horreur, les cris, les râles de souffrance. Il me demande si j'ai vu, moi aussi, le dernier regard plein d'amour d'un père pour son fils, comme il a vu celui de sa mère pour lui. Chaque nuit il rêve à elle, entend sa voix terrifiée. Il se souvient avoir fermé les yeux pour ne pas voir la scène. Quand il les a rouverts, sa mère baignait nue dans son sang, le sexe cousu. Une image marquée au fer rouge dans son cerveau.

Il prend la carafe, remplit les verres, m'explique qu'il ne boit que de l'eau pour garder sa pureté. Il m'en tend un. Je refuse de le prendre. Il comprend ma défiance, est persuadé que bientôt nous serons de grands amis.

Il reprend son récit. Il m'avait joint plusieurs fois par téléphone au moment de l'enquête. Il tenait absolument à me dire combien nos histoires se ressemblaient, combien elles nous rapprochaient. Il a été surpris que je l'écoute, que je lise aussi bien dans ses pensées, que je décrive aussi bien ce qu'il ressentait quand il tuait, cette pulsion qu'il ne pouvait réprimer, cette libération, ce soulagement après avoir versé le sang.

Que veut-il de moi ?

Il est 1h30 du matin. J'attends, en face de la boîte de striptease. Elle doit sortir dans quelques minutes.

Il m'a dit que me parler au téléphone ne lui suffisait pas, il voulait que je le voie, que je mette un visage sur ses crimes, un visage sur l'homme que je traquais. Il voulait me montrer qu'il avait figure humaine, qu'il n'était pas un monstre. Il m'a guidé par téléphone jusqu'à un centre commercial très fréquenté, m'a ordonné de prendre un ascenseur qui avait une porte vitrée. Je devais rester devant la porte, tout près, face à l'extérieur, monter jusqu'au dernier étage. Au second, je l'ai vu, il était sur le seuil de l'ascenseur. Nos regards se sont croisés, nos visages se sont frôlés, si près, l'espace de quelques secondes à travers la vitre, le temps que l'ascenseur passe l'étage. Ensuite il a disparu dans la foule de la galerie marchande.

Je la vois. Son foulard rouge autour du cou. Elle s'éloigne sur le trottoir, je la suis.

Il a sorti de sa poche ma photo, celle où j'ai dix ans, celle qui était dans le dossier. Je ne supportais pas de le voir tripoter avec ses mains d'assassin mon innocence d'enfant. Il en a sorti une autre, lui au même âge. Il me les a montrées, m'a fait remarquer que je souriais, pas lui. Il m'a confié avoir eu une enfance triste, que ces images de sang, de mort, ont toujours été trop présentes pour qu'il puisse jouer, rire.

Elle remonte l'avenue, traverse le quartier des sex-shops. Elle porte une jupe très courte, des bas qui dessinent sur sa peau des motifs dentelés. Son blouson brillant lui serre la taille. Elle tient contre elle un petit sac à main. Je parviens parfois à distinguer son visage dans le reflet des vitrines. Elle doit avoir une vingtaine d'années, pas plus.

Quand il a quitté l'Afrique pour venir faire ses études ici, il avait vingt ans. Il n'était pas encore un assassin, il n'était pas encore le Couseur, mais il avait déjà ressenti une pulsion de violence en croisant une femme blanche aux longs cheveux noirs comme ceux de sa mère. Six mois après son arrivée, il a commencé par la pute. Trois ans pour tuer cinq femmes. Il a beaucoup étudié les méthodes policières pour ne laisser aucune trace, aucun ADN. Il avait élaboré un *modus operandi* très détaillé, un rite, qu'il suivait avec précision. Dans les premiers temps il s'est amusé des errements de l'enquête, mais il a été vite impressionné par mes progrès, mes avancées. Il s'est alors intéressé à moi, a découvert mon passé, a compris que nous étions frères de sang.

Elle marche d'un pas rapide, perchée sur des talons hauts qui claquent sur le sol. Parfois elle se retourne.

164

Son père, le ministre, avait appris par les médias la série de crimes, ces femmes au sexe cousu et avait compris que son fils était l'assassin. Son père a tant d'argent, tant d'influence ! Il m'a dit qu'il l'avait haï d'avoir voulu le protéger, d'être intervenu dans son histoire, de l'avoir rapatrié de force et surtout d'avoir éliminé la seule personne qui aurait pu devenir son ami, moi. De retour dans son pays, il a été enfermé quatre ans dans une des maisons luxueuses de son père. Il était surveillé par des gardes, soigné par des psychiatres. Il n'avait qu'un désir, me revoir. Il a eu peur que je meure. Il a été bouleversé d'apprendre que j'étais devenu amnésique, bouleversé que je sois aux yeux de tous, même de moi-même, devenu le « Couseur », devenu lui. Je lui manquais, il se sentait seul, incompris, rejeté. Il avait besoin de moi. Une idée merveilleuse lui est alors venue : nous réunir tous les deux. Il s'est évadé de sa prison dorée, m'a rejoint chez les fous.

Elle tourne à droite, s'éloigne des rues animées, s'enfonce dans les ruelles désertes. Ses longs cheveux noirs lui tombent dans le dos.

Après mon évasion il m'a attendu longtemps devant l'immeuble de ma sœur. Il savait que je viendrais. Pour lui, on a la même manière de penser, de raisonner, la même sensibilité. Une preuve de plus que nous sommes si proches, si semblables, comme des jumeaux. Ensuite il m'a suivi pas à pas. Anita a été son premier meurtre depuis son retour. Quand il l'a tuée, j'étais là, dans la chambre d'à côté, profondément endormi. Il m'a couvert du sang de sa victime. Il voulait jeter le trouble dans mon esprit, me préparer à la suite. Il m'a regardé dormir jusqu'au matin. Il lui a semblé voir dans mon sommeil, l'enfant que j'avais été. Quand j'ai commencé à me réveiller, il est parti. En sortant de l'immeuble il a croisé une femme qui l'a regardé curieusement. Il s'est aperçu qu'il avait du sang sur sa veste. Il a compris que la femme allait prévenir la police. Il a eu peur pour moi. Il a couru prévenir mon ancien collègue que j'étais en danger.

Que veut-il de moi ?

Il m'a avoué ne pas aimer tuer, mais qu'il se sentait obligé. Il m'a demandé si j'avais vu l'homme mort dans le cagibi. Là encore il n'avait pas le choix. Il connaissait Grégory Heller depuis l'adolescence. Une sorte d'amitié les réunissait et une confiance mutuelle. Mais l'homme de main de son père le traquait pour le forcer à rentrer en Afrique. Il risquait de compromette ses plans, il risquait surtout de me supprimer, moi son seul ami. Il fallait qu'il s'en débarrasse. Il l'a appelé pour lui donner rendez-vous ici même et l'a tué pour me protéger.

Que veut-il de moi ?

La jeune femme passe sous un porche, pénètre dans une impasse sombre.

Il a attrapé un petit sac posé à côté de lui, l'a ouvert, a sorti un couteau, un fil de cuir d'un millimètre d'épaisseur. Il avait tout préparé, tout pensé, tout étudié. Il avait choisi la femme, le lieu du crime, l'heure. Il avait dessiné un plan détaillé pour me guider. Il voulait que je vive cet instant particulier du meurtre. Il était persuadé que j'allais très bien m'en sortir, je connaissais si bien les méthodes du Couseur. Il m'a dit que si je voulais revoir l'enfant en vie, si je ne voulais pas qu'il meure de faim là où il était enfermé, je devais tuer, je devais devenir lui.

J'accélère le pas pour la rattraper.

J'ai égrené comme un chapelet les diverses possibilités, une par une. Avertir les flics pour qu'ils cherchent Sacha dans la maison vide, dans tout le quartier, dans toute la ville. Monter une mise en scène pour faire croire au Couseur que j'avais tué, dénudé le corps de la femme, cousu son sexe. Quoi d'autre encore ? Je n'avais pas de solution. J'ai frappé à coups de poing les murs, j'ai hurlé comme un loup blessé, j'ai sangloté, anéanti, enragé, désespéré. Comment aurais-je pu laisser Sacha mourir ?

Plus que quelques mètres. Je peux sentir son parfum.

Ma chambre prison, la blancheur de l'hôpital psychiatrique, la haine de moi qui me pensais tueur de femmes. Toute cette souffrance endurée, tous ces êtres chers, ma mère, Anita, Cinno, Francesca et peut-être Sacha, que j'avais entraînés dans la mort. Oui je tenais enfin la vérité, je l'avais dénichée, je l'avais fait sortir de son trou, elle était là devant moi, je pouvais la contempler. Je les avais vaincus tous ceux qui avaient fait de moi un tueur de femmes, tous ceux qui m'ont tué. Le cri avait raison, Bastien Dibansky, celui du passé, n'était pas le Couseur. Mais moi, moi qui aujourd'hui ne suis plus personne, je vais le devenir.

Je sors le couteau, le serre dans ma main.

Laisser l'âme de l'assassin m'envahir, laisser le Couseur prendre possession de moi, lui qui m'a parasité. Il est sorti de sa cache, je le sens, il s'agite à l'intérieur de moi, se répand, prend possession de mon corps, me dévore. Je me laisse devenir lui, devenir sa folie, devenir sa violence subie dans son enfance, recrachée aujourd'hui.

Je l'attrape par les cheveux, la pousse contre le mur, pose ma main sur sa bouche pour l'empêcher de crier. Elle me fixe de son regard terrifié.

À gauche, à droite.

Je marche à travers la ville. Je ne peux plus m'arrêter de marcher. Je ne sais plus où je suis. Il commence à faire jour. Je croise quelques passants, cherche leur regard, ils ne me voient pas. Je me sens seul, désespéré. Comment leur faire comprendre que je suis un coupable innocent ? Il faut que le monde entier le sache, ma sœur, Sacha…C'est si important pour moi. Je veux être fier de moi-même jusqu'à cet instant où je lui ai prêté mon corps, où je suis devenu un autre. Il y a cette mèche de cheveux, là, dans ma poche, le trophée que je dois lui apporter. Il y a aussi le petit appareil photo qu'il m'a fourni pour lui montrer des preuves. Je l'ai fait, oui, j'ai tué. Pour un instant, pour un meurtre, pour sauver Sacha, je suis devenu lui, le Couseur esclave de sa pulsion de meurtre.

Je tourne à gauche, puis à droite, puis de nouveau à gauche.

J'entre dans la maison, gagne le grenier. Il est là, il m'attend.

Il a regardé longuement les photos. Il a pris la mèche de cheveux bruns. Le huitième meurtre du « Couseur » était déjà annoncé sur les ondes. Il a levé les yeux vers moi, m'a félicité. Il m'a dit qu'il était soulagé de ne plus être seul face à la haine du monde.

Il a rempli un verre d'eau, me l'a tendu. Je l'ai pris, j'ai bu.

Il m'a dit que la seconde fois, le plaisir était bien plus intense. Il avait déjà un autre projet en tête, agir ensemble pour ne faire qu'un. « tu es moi », « je suis toi ». Il s'est approché de moi, m'a pris dans ses bras, m'a serré contre lui. Je le sentais heureux, sincèrement heureux.

J'ai attendu, là où il m'avait dit d'attendre, sur une petite place avec un manège d'enfant. Il a tourné derrière un immeuble, a disparu dans une rue. J'étais inquiet à l'idée de revoir Sacha. Que lui dire maintenant que je suis un assassin ? Comment lui dire que le Bastien qu'il aime n'existe plus ? J'avais envie de fuir, de disparaître, et puis je l'ai vu s'approcher de sa démarche chaloupée. Quand il m'a aperçu, il a couru vers moi, a sauté dans mes bras. Il s'est mis à pleurer. Je l'ai embrassé, réconforté, je lui ai dit que tout était fini maintenant, que j'allais le raccompagner chez lui, qu'il allait revoir sa mère. Il m'a demandé pourquoi, pourquoi il avait été enlevé, enfermé dans le noir. Il a eu si peur. Je lui ai dit que tout était de ma faute, que je n'aurais pas dû lui demander son aide, que je n'aurais pas dû le mêler à mon histoire. Je lui ai dit surtout, que je l'aimais.

Nous avons marché, main dans la main, en direction de son immeuble. Arrivés à une centaine de mètres de l'entrée, nous nous sommes séparés. Je l'ai regardé s'éloigner. Avant de disparaître, il s'est retourné, m'a souri, de son si beau sourire.

Je suis resté un instant à contempler la fenêtre. Ma sœur n'était plus là, elle ne guettait plus le retour de son fils. Je les imaginais dans les bras l'un de l'autre, Sacha, ma sœur, en pleurs, en rire. Ça m'a fait chaud au cœur.

Je pousse le portail, pénètre dans le jardin, pousse la porte d'entrée, restée entrebâillée. Je grimpe l'escalier, entre dans le grenier. Il est là, assis, comme la première fois. Il a apporté avec lui le dossier, ma bible. Il est étonné de se reconnaître autant dans les expertises psychiatriques faites à mon sujet. Il me dit que l'on a tant de choses à nous dire, tant de choses à partager. Il se lève. On est tous les deux face à face. Je m'approche encore. Il cherche dans mon regard, s'inquiète, comprend mon intention. Je ne lui laisse pas le temps de réagir, je frappe. Premier coup de couteau dans le lobe supérieur de l'estomac. Il me fixe. Je lis l'incompréhension dans son regard. Je frappe de nouveau. Coup de couteau intercostal. Il s'agrippe à mon corps, me demande pourquoi, pourquoi le tuer, lui, mon frère. Je frappe encore, dans le foie pour accélérer l'hémorragie. Il s'écroule. Ses derniers soubresauts, son dernier regard. Je suis couvert de son sang, sur mon corps, sur mes mains. De mon index ensanglanté, je trace sur le mur le 3 comme la lettre grecque Sigma inversée en 4 lignes brisées.

Le sang, toujours le sang !

L'eau du fleuve a pris des couleurs vertes. Paraît-il qu'il en est toujours ainsi au printemps.

Je n'ai pas revu Sacha, je ne l'ai plus serré dans mes bras. Je suis passé une dernière fois devant l'immeuble de ma sœur, une nuit. Les fenêtres étaient éclairées. J'ai imaginé leur vie, leur chaleur, leur amour.

Avec quelques pièces de monnaie glanées en faisant la manche, j'ai acheté un petit cahier et un crayon. Pendant plusieurs jours, installé sur mes cartons, sous le pont, j'ai écrit la véritable histoire de Bastien Dibansky. J'ai rétabli la vérité. J'ai ressenti une profonde joie, une résurrection. Une fois terminé, j'ai ouvert la boîte en fer, celle avec la reproduction de peinture sur le couvercle, l'ange qui porte l'homme mort vers la lumière, celle dans laquelle mon père mettait des bonbons pour nous, ses enfants, seul vrai souvenir de mon enfance. J'ai déposé à l'intérieur le récit de la vérité. J'ai refermé le couvercle. J'ai envoyé la boîte à Sacha, par la poste. J'ai terminé mon histoire en lui disant que je partais pour un long voyage, un voyage merveilleux, loin, très loin. Je lui ai dit que je ne l'oublierais jamais, que je serais toujours à ses côtés. Je lui ai dit de prendre soin de sa mère, ma sœur.

J'ai envoyé également le récit de l'affaire à la presse. Les journaux titrent aujourd'hui sur l'incroyable vérité. Zéroual et Valier, le Serpent, le Couseur, le ministre africain tous cités. Sur mes indications, les flics ont découvert le corps du Couseur et celui du Serpent dans la maison vide. J'avais pris la précaution de laisser à proximité du corps de la dernière femme assassinée, le plan des lieux du meurtre que m'avait dessiné le « Couseur » sur une feuille de papier. Il y avait laissé ses empreintes. Je lui ai rendu son crime.

Bastien Dibansky est totalement innocenté, réhabilité aux yeux du monde. Ceci pour la justice des hommes, ceci pour ma sœur et Sacha.

J'enlève mes vêtements crasseux. Nu, je prends le dossier, ma bible. Je me lève, m'avance vers les marches qui plongent dans le fleuve. Je descends la première, la seconde. L'eau couvre mes pieds, elle est toujours aussi froide. Encore une marche. Le courant dessine des ondes autour de mes jambes.

Je l'ai sentie cette délivrance dont le Couseur m'a parlé, délivrance à vomir la violence que l'on avait incrustée dans mon âme d'enfant. La violence ! J'ai compris que je ne serais jamais plus Bastien Dibansky, l'innocent. J'avais supprimé le « Couseur » mais pas son ombre, son double tapi au fond de moi, fasciné par le crime, fasciné par le sang, fasciné par la mort.

Lui aussi je dois le faire disparaître.

J'atteins la dernière marche. J'ai de l'eau jusqu'à la taille. Je tiens fermement sous mon bras le dossier, ma bible, la fausse histoire de ma vie, celle qu'ils ont écrite à ma place. Je fais un dernier pas. Le courant m'emporte, l'eau verte me submerge. Je me laisse couler dans les profondeurs, le regard tourné vers les derniers rayons de lumière.

Viendra-t-il ? L'ange ? Viendra-t-il me prendre dans ses bras ?

La lumière s'estompe peu à peu. Je me sens apaisé, serein, libre. Le cri ne gronde plus dans mes entrailles.

Le silence, plus que le silence.

Auto-édition Éric Prungnaud
eric.prungnaud@hotmail.fr
94 Val-de-Marne
Imprimé par Createspace -- Etats-Unis
Dépôt légal mars 2017